草書韻會

下

（金）張天錫 編

教育科学出版社
·北京·

草書韻會

下

(金)張天錫 編

教育科學出版社
·北京·

草書韻會上聲

錦溪真逸張天錫集

董一 腫二 講三 紙四 尾五

語六 麌七 薺八 蟹九 賄十

軫十一 吻十二 阮十三 旱十四 潸十五

銑十六 篠十七 巧十八 晧十九 哿二十

馬廿一 養廿二 梗廿三 迥廿四 有廿五

寑廿六 感廿七 琰廿八 豏廿九

一董

董 蝀 懂 蠓 懵 孔

孔 桶 總 揔

蓊 琫 菶 巃

攏 動 素 挏

二腫

腫 種 踵 寵

素 隴 壠 素

草書韻會上聲

錦溪真逸張天錫集

董一 腫二 講三 紙四 尾五

語六 麌七 薺八 蟹九 賄十

軫十一 吻十二 阮十三 旱十四 潸十五

銑十六 篠十七 巧十八 皓十九 哿二十

馬廿一 養廿二 梗廿三 迥廿四 有廿五

寢廿六 感廿七 琰廿八 豏廿九

一董 [illegible]

二腫 [illegible]

擁 右 素 孫 上 翁 谷 冗 氄

太白 重 衆 同 奉

皆右軍 捧 顛 勇 右 肅

素 涌 踊 恐

皆右軍 拱 碧 鞏 拱 悚

竦 聳

三講

講 皆 右 亞 栖 子 翁 越 港

港 耩 棒 蚌 素 項 史 皇

右 傋

四紙

紙 右 右 右 孫 孫 帋 右 右

子 翁 美 子 谷 秖 軹 咫

砥 是 氏 史

諟 靡 彼 儷

跂 皇 右 素 委

四紙

三講

跪 詭 髓 累
技 妓 錡 倚 綺
蟻 艤 闕
觜 蘂
泚 褫 陊 廌
徙 璽 邐
屣 俾 尒 迩 邇

侈 弛 紫 撫
箠 揣 箠 拔
頍 企 跂 指 底
視 美
旨
鄙
兕 麂 姊 秭
比 朼 匕 簋 晷

[illegible]

[illegible]

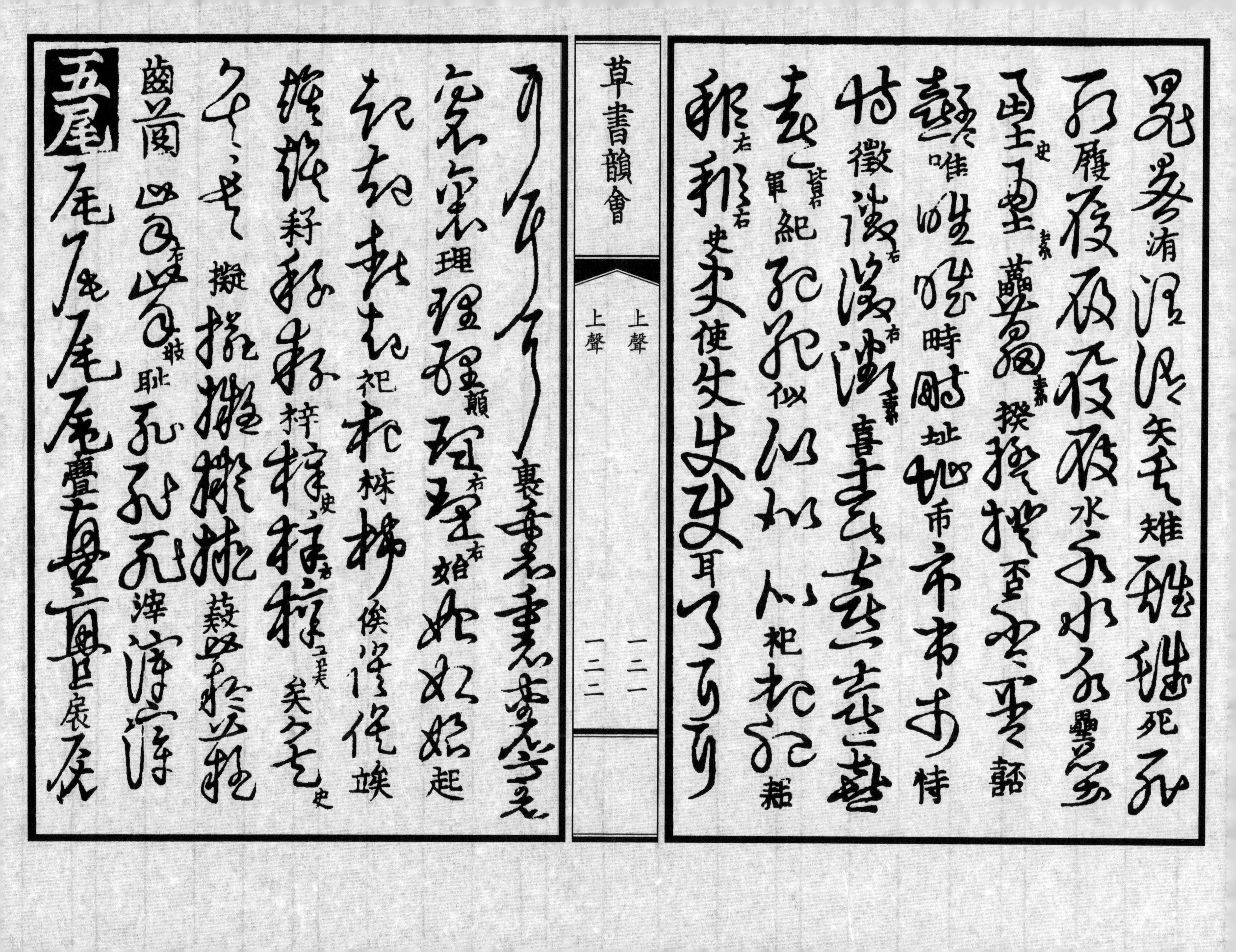

洧 矢 雉 死

履 水 壘

史 素 藟 素 揆 誄

唯 時 址 芾 恃

徵 右 右 素

喜

皆 右 軍 紀 似 杞 耜

右 右 史 使 耳

裏

理 顛 右 右 始 起

祀 棶 俟 竢

釨 梓 史 右 矣 史

擬 薿

齒 右 收 恥 滓

五尾

尾 亹 展

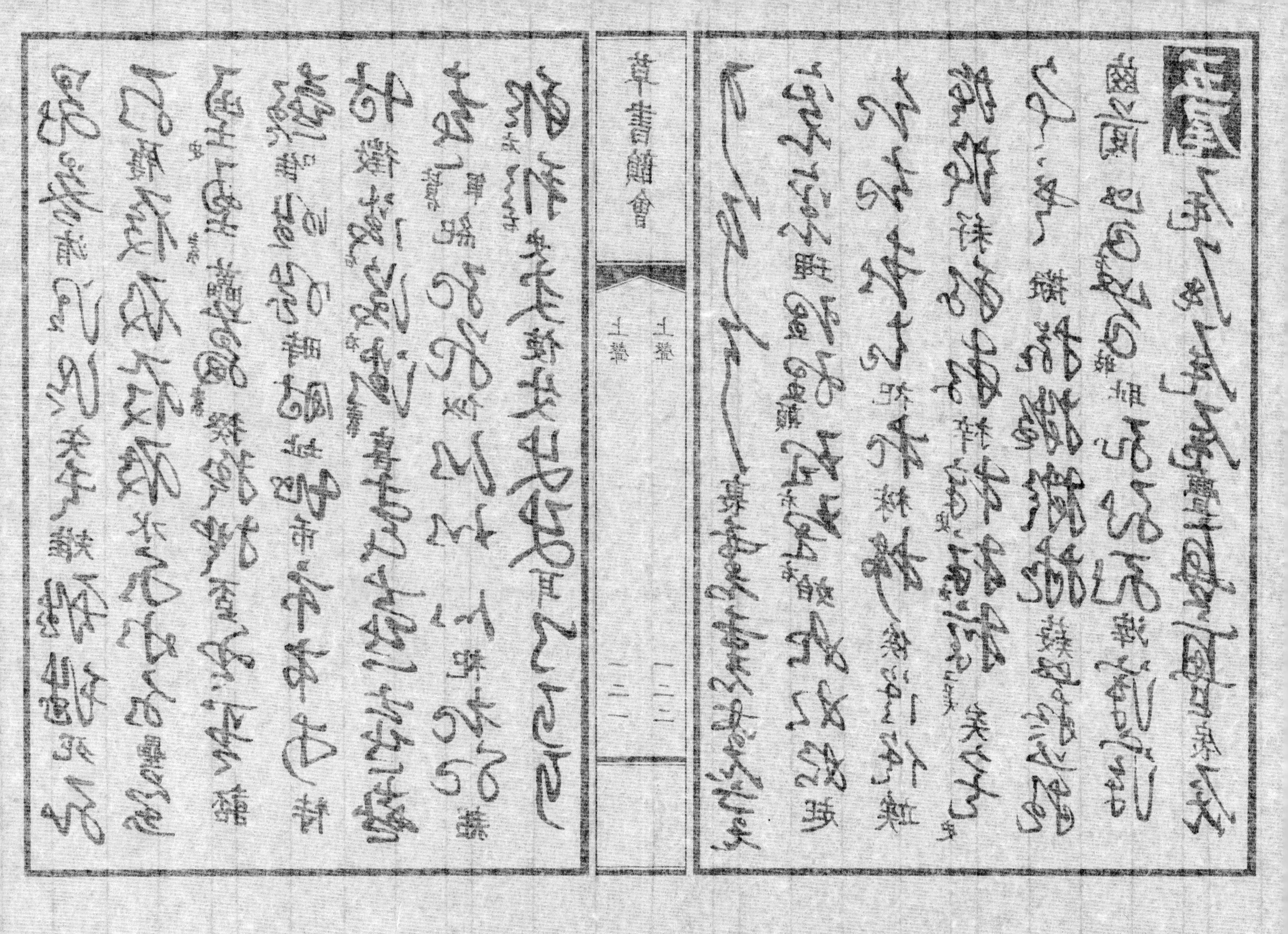

草書韻會

上聲

上聲

豈 皆 蟣 紫

斐 匪 菲 韙

煒 瑋 韡 鬼 顗

虆 氣 磈 石 裊

六語

籞 圉 齬

禦 膂 索 旅

穭 侶 佇 杼 宁

与 予 煮 陼

汝 著 鼠

史 皇 皆 軍 黍

右 右 韻 黍 杵 處 七 右 右

素 谷 貯 胥 蕭 楮

許 巨 拒 所

[illegible]

[illegible]

[illegible]

[illegible]

[illegible]

[illegible]

[illegible]

[illegible]

六語

[illegible]

[illegible]

[illegible]

[illegible]

[illegible]

[illegible]

楚 組 齟
舉 去
紓 抒
七麌
俁 羽 禹
雨 宇
寓 聚

甫 斧
府 簠 武
舞 珷
輔 腐 滏
黼 釜 撫 豎 樹
庾 窳 愈 麈
炷 傴 死 窶

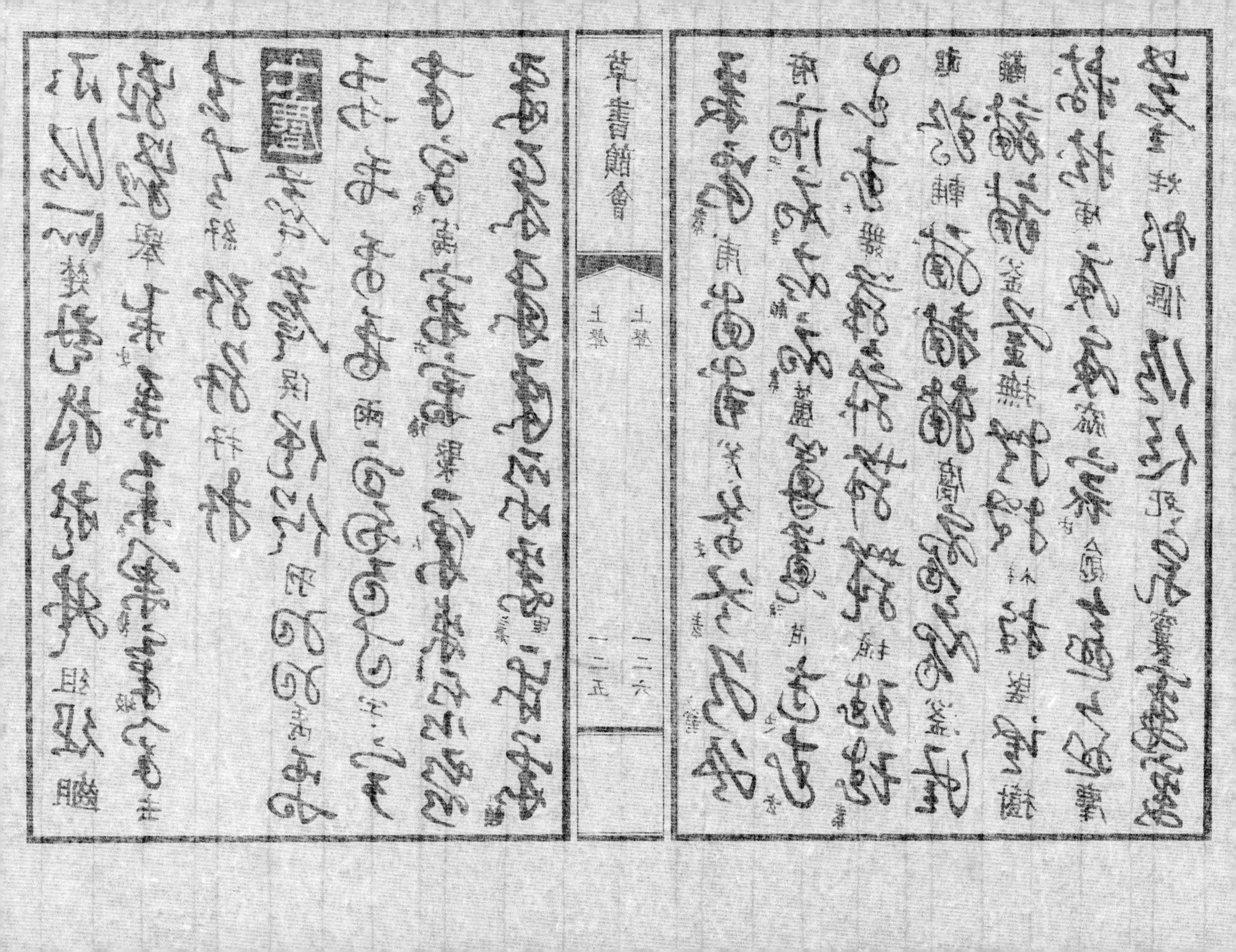

數 軍 坡

矩 取 顏 縷

僂 姥 莽

杜 肚 魯 櫓 滷

虜 艣 鹵 覩

賭 堵 古 鼓

瞽 罟 蠱 盬 榖

賈 五 午 簿

部 粗 祖

虎 琥

隝 苦 怒

弩 戶 扈 鄠 酤

普 浦 補

譜 圃

八薺

禮 蠡

澧 醴 體

濟 邸 底

牴 抵 第

遞 泚 啓

棨 稽 謑

米 眯 髀

九蟹

解 獬

買 廌 罷

矮 擺 灑

躧 駭 楷 騃

十賄

悔 猥 嵔 磊

蕾 儡 櫑 罪 餒

隗 嵬 海

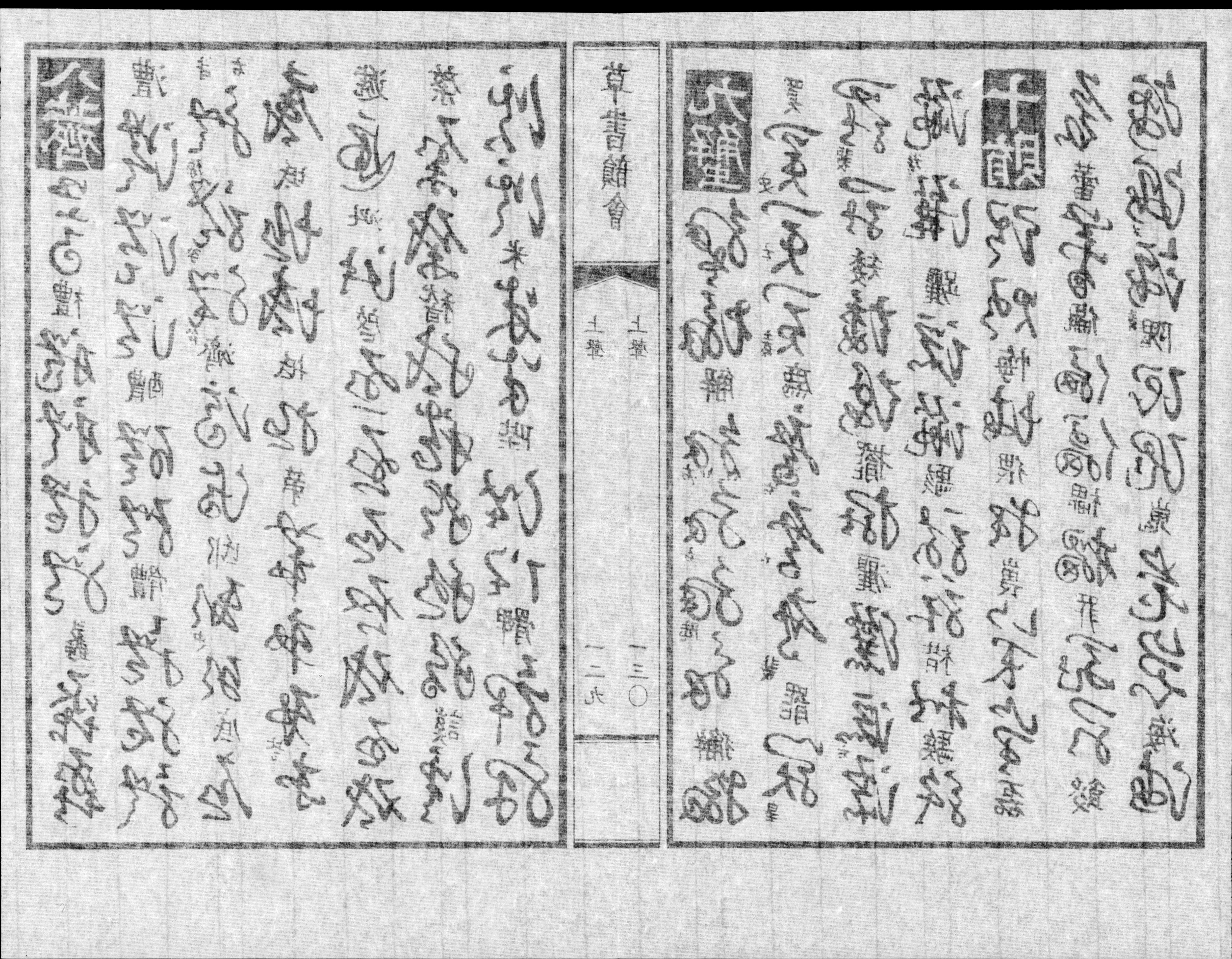

十賄

九蟹

八薺

醢 愷 鍇

凱 載

殆 待 乃

斐 亥 採

綵 寀 彩 並 右

在 倍

十一軫

畛 縝 診 稹

腎 蜃 忍 矧 哂

緊 盡

智果 引 也

蚓 憫 閔 敏 僶

隕 准 也

筆 隼 蠢 踳

盾 楯

草書韻會

上聲 一三二

上聲 一三一

十一軫

十二吻

惲 蘊 轀 憤 忿

醞

隱 檃

謹 槿

近 听

十三阮

遠 偃

鄢 蹇 楗 鍵

巘 晚 挽 坂

圈 婏 菀 苑

烜 飯 混 本 損

撙 穩 沌 遁

衮 閫 壼 濾 很

墾 懇 孫

十四旱

坦

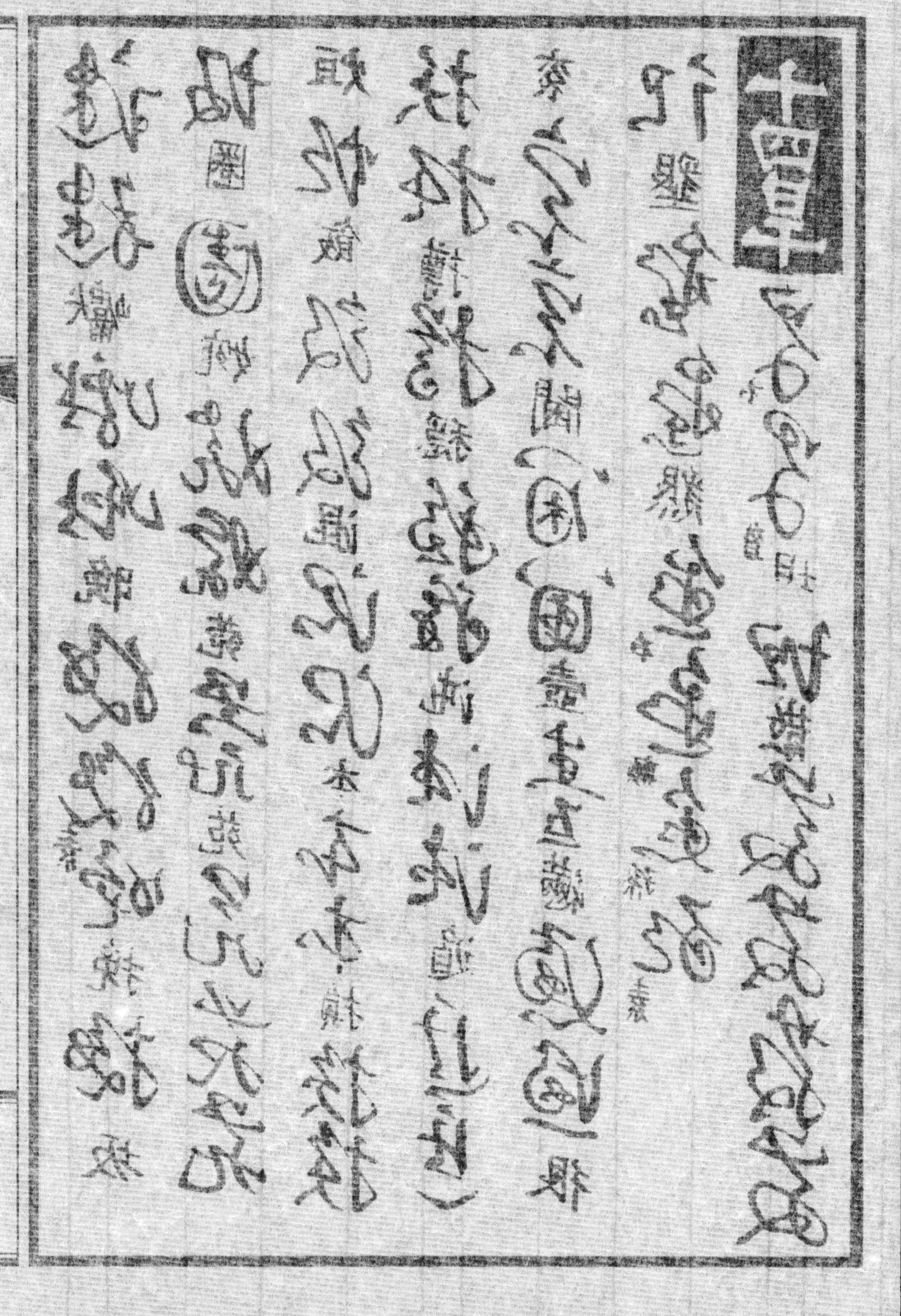

草書韻會

上聲 一三四

上聲 一三三

繖 誕 讚 纂 散

稈 瀨 衎 熯 緩

澣 浣 短

筦 輐 盥 琯

款 纘 鄭

伴 滿 懣 斷

由 谷

十五潸

綰 板 撰 饌 産 皇

限 簡 諫

剗 棧 轏 眼

醆

十六銑

洗 䩞 典

殄 蘚

撚

峴 顯

鉉 軟

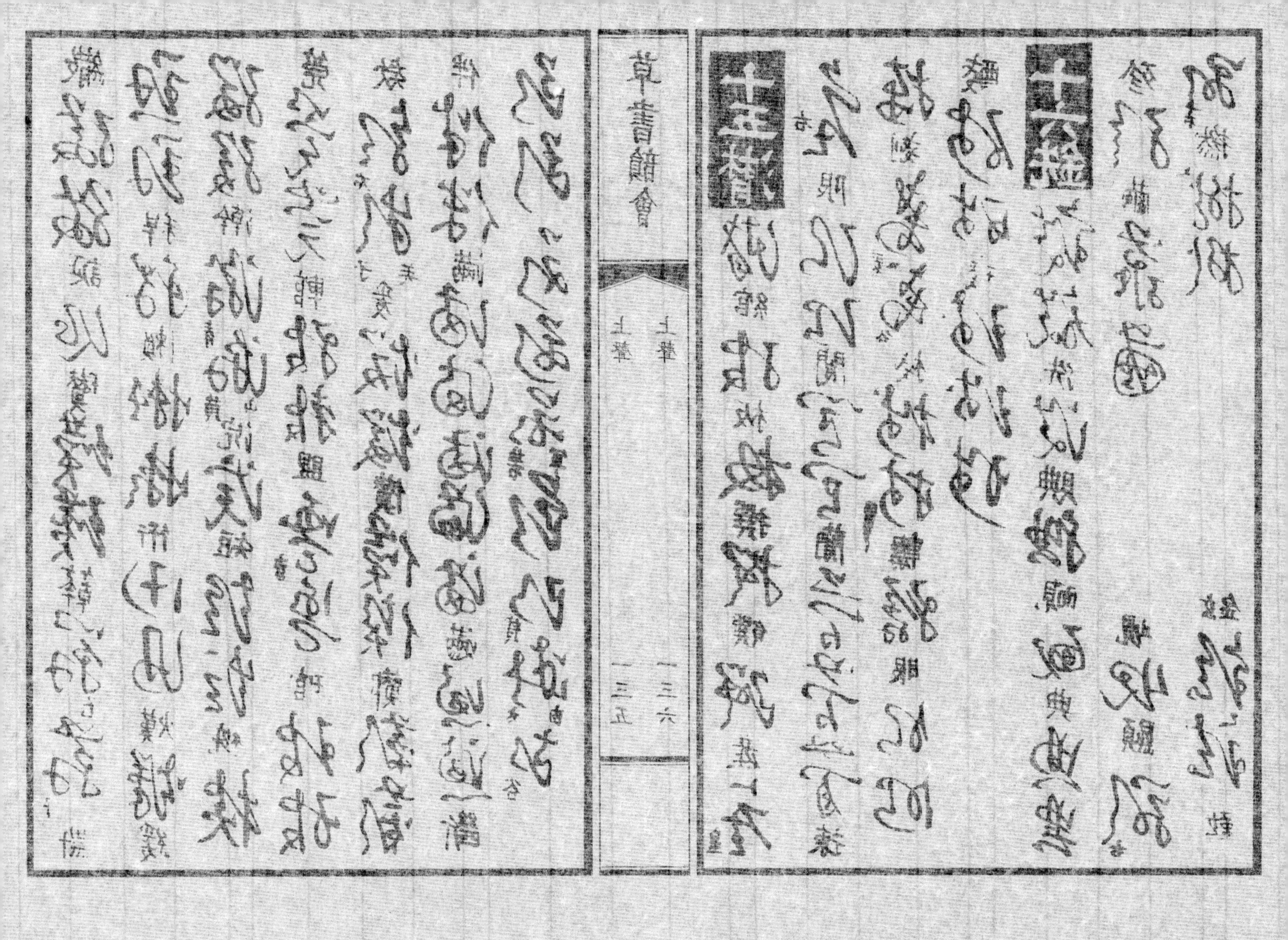
草書韻會
上平
一三六
上平
一三五

畎　辮　鮮　蘚

演　衍　踐　餞　展

淺　闡　遣

蹇　善　謇

翦　剪　戩

錢　輦　鄯

璉　巘　辯

辦　緬　沔　勔　褊

兗　轉　卷

軟　舛　喘

篆　選　撰　蝡　勉

俛　冕　巘　鵃

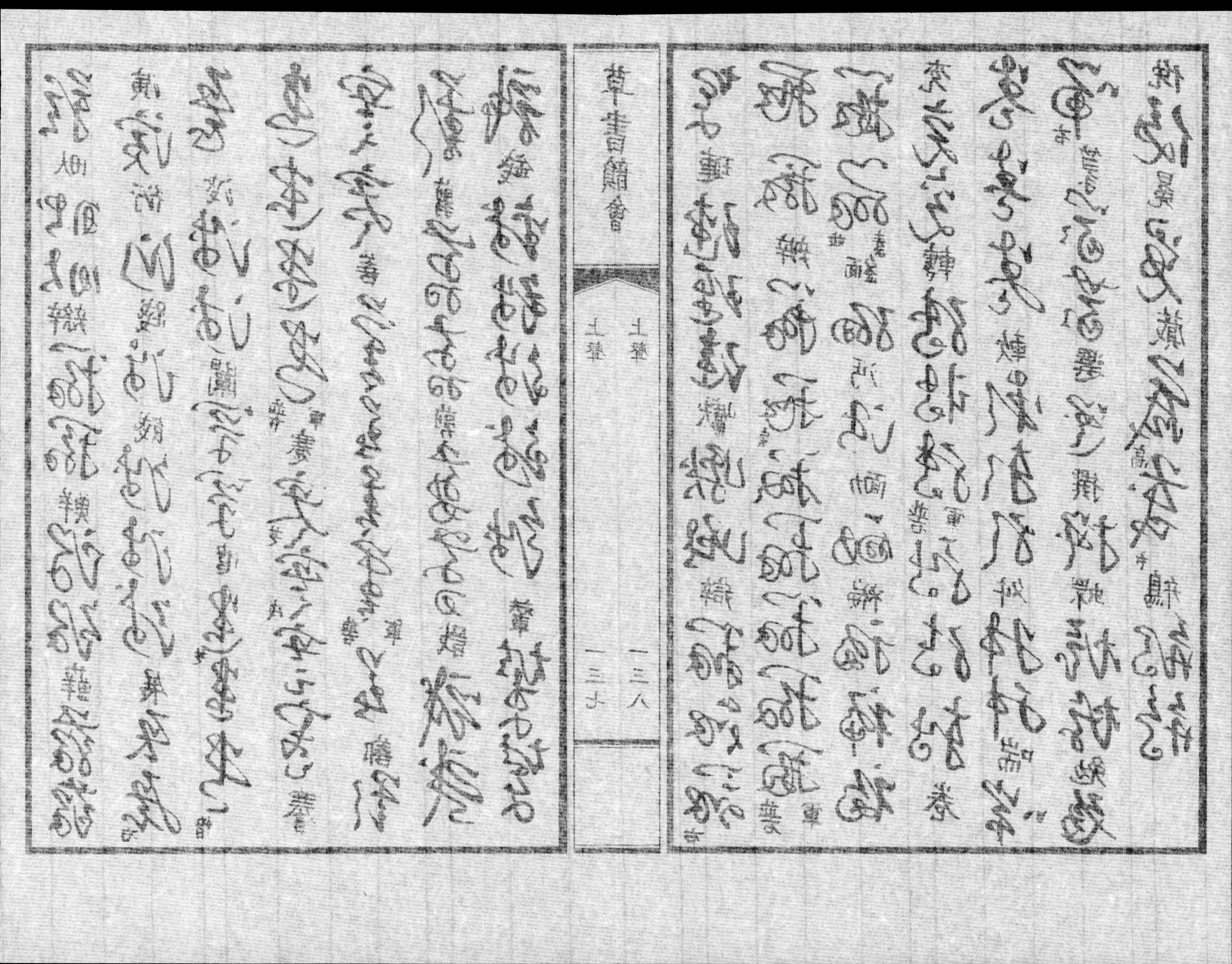

[illegible]

十七篠

謏 皎 皦 繳

鳥 蔦 繚 撓

杳 窈 嫋

窕 掉 挑 蠽

兆 趙 旐 沼

擾 繞 摽 縹

眇 渺 杪 藐 紹

矯 蹻 表 標

梢 愀 勦 蟟

十八巧

佼 飽 撓

撓 卯 昴 筊 攪

攪 鉸 筱 鮑 齩

謏 獠

十九晧

昊 皞 鎬 浩

十七篠

[illegible]

十八巧

[illegible]

十九皓

[illegible]

顥 抱 老 素
潦 討 右 道 稻
腦 惱 嫂
燥 掃 倒
擣 搗 島 禱
右 懆
早 澡 藻

蚤 天 棗 坡 繅
早 造 素 縞
好 右 寶 保
坡 燠 考 栲 槁

二十哿

舸 瑳 鞸
我 右 攞
儸 娜 那 素 荷 可

[illegible]

[illegible]

[illegible]

[illegible]

[illegible]

[illegible]

[illegible]

[illegible]

[illegible]

[illegible]

[illegible]

[illegible]

[illegible]

[illegible]

軻 左

果 裹 蜾

朵 鎖 瑣 隨 惰

妥 麼 坐 裸

跛 簸 頗

禍 夥 火 顆

馬

者

野 也

冶

雅 鍜 假

灑 啞

賈

廈 寫

瀉 社 捨 舍

寡

[illegible]
[illegible]
[illegible]
[illegible]
[illegible]
[illegible]
[illegible]
[illegible]

廿馬

[illegible]
[illegible]
[illegible]
[illegible]
[illegible]
[illegible]
[illegible]
[illegible]

瓦 若 惹
鮓 哆 撦 髁
廿二養
痒
像 象 橡 槳 蔣
魎 鞅 怏 彊
仰 搶 想
掌 奬 響

饗 享 嚮 敞 氅
鯗 鱶 杖 耜 壤
穰 賞 髣 紡
網 罔 惘 魍 放
枉 往 怳 長
上 蕩 盪 顙
廣 榜 [illegible]

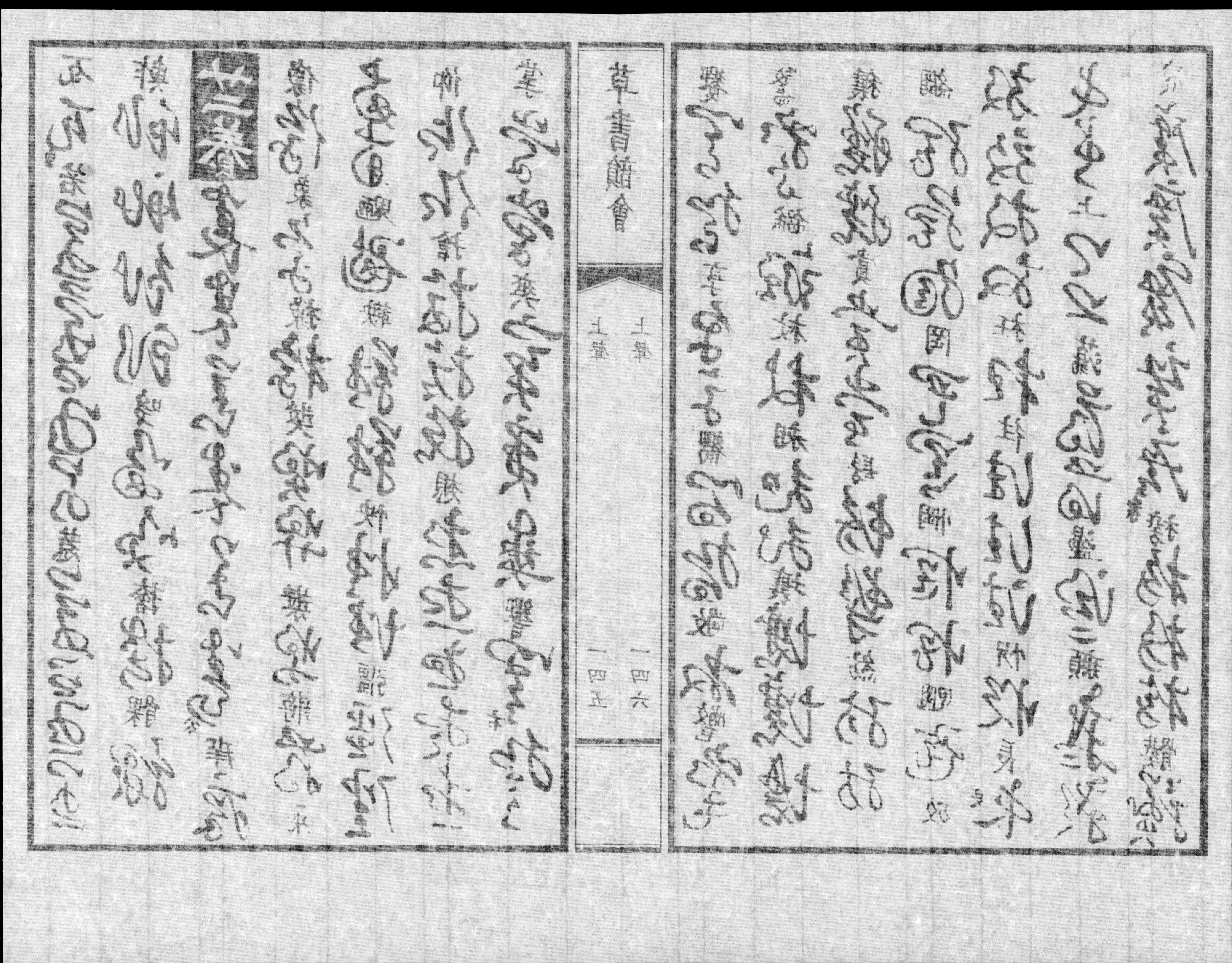

[illegible]
[illegible]
[illegible]
[illegible]
[illegible]
[illegible]
[illegible]

[illegible]
[illegible]
[illegible]
[illegible]

十四寒

[illegible]
[illegible]

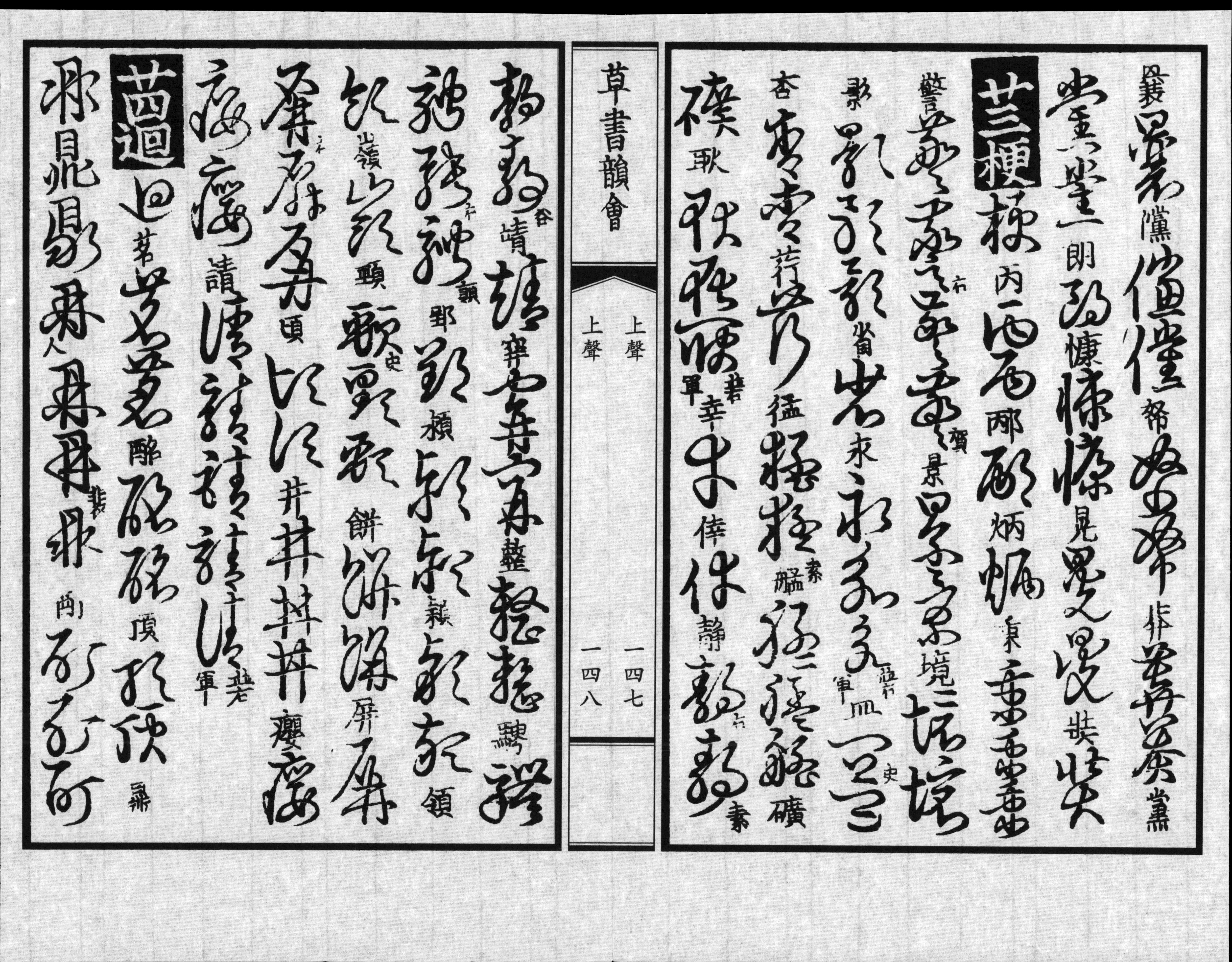

曩 儻 帑 黨

朗 慷 晃

廿三梗

梗 丙 邴 炳 秉

警 景 境

影 省 永 皿

杏 荇 猛 艋 礦

耿 幸 倖 靜

靖 穽 整 騁

頸 郢 穎 潁 領

嶺 頸 餅 屏

頃 井 癭

請

廿四迥

迥 茗 酩 頂

鼎 冏

[illegible]

[illegible]

挺 艇 鋌 頲 脛 醒
剄 冷 並
拯 等 肯

廿五有

阜 石
柔 右 谷 柳 懰 瀏
紐 杻 肘 栝 灸
首 手 醜 魗 婦

阜 缶 否 不
蹂 揉
舅 臼 咎 綹
酉 誘 牖 莠
菱 輶 受 叜
壽 瞍 綬 酒
溲 帚 箒

[illegible]

[illegible]

[illegible]

[illegible]

[illegible]

[illegible]

[illegible]

[illegible]

董

[illegible]

[illegible]

[illegible]

[illegible]

[illegible]

[illegible]

[illegible]

[illegible]

掫 厚 後

后 母 負 畝 敂

菲 䫀 部 培

蚪 陡 垢 茍 拘

藕 偶 叟 藪

剖 歐 甌 塿

籔 走 扣 叩

趣 芺 右 取 黝

忸 糾 赳 蟉

廿六寢

寢 朕 稟

凜 荏 稔 枕

審 甚 瀋 噤 錦

禀 飲 品

廿七感

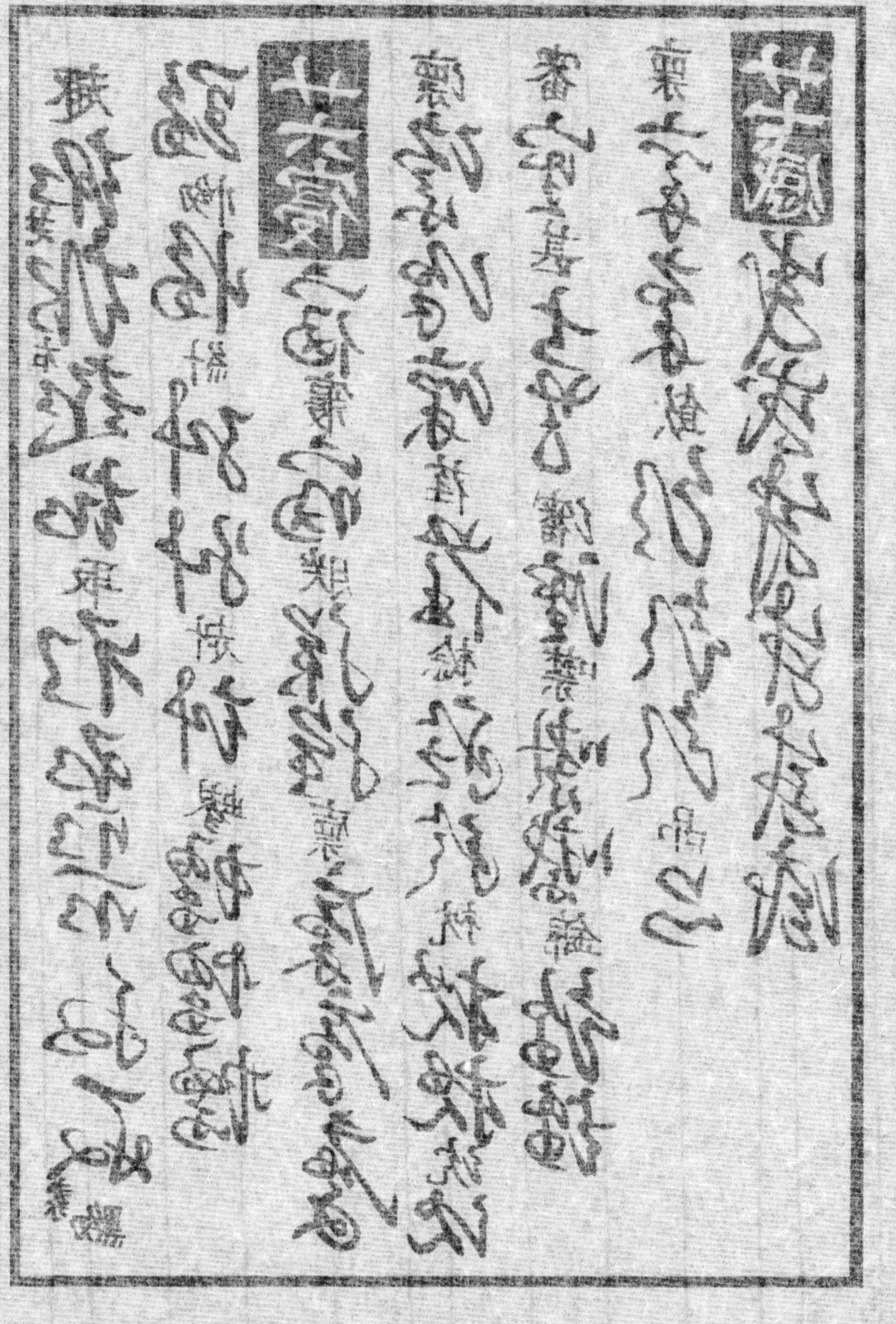

禫 菡 慘 黲 昝 糝 敢 覽 攬 啖 澹 喊

廿八琰

剡 斂 險 嶮 檢 黶 冉 苒 染 陝 諂 奄 掩 漸 忝 點 歉 慊 儼

[illegible]
[illegible]
[illegible]
[illegible]
[illegible]
陵 [illegible]

十六蒸

[illegible]

[illegible]
[illegible]
[illegible]
[illegible]
[illegible]
[illegible]
[illegible]
[illegible]
[illegible]
[illegible]

廿九豏

湛 減 斬

摻 黯

喊 檻 艦 濫 轞

黲 范 範

犯

草書韻會上聲

草書韻會

上聲

一五五

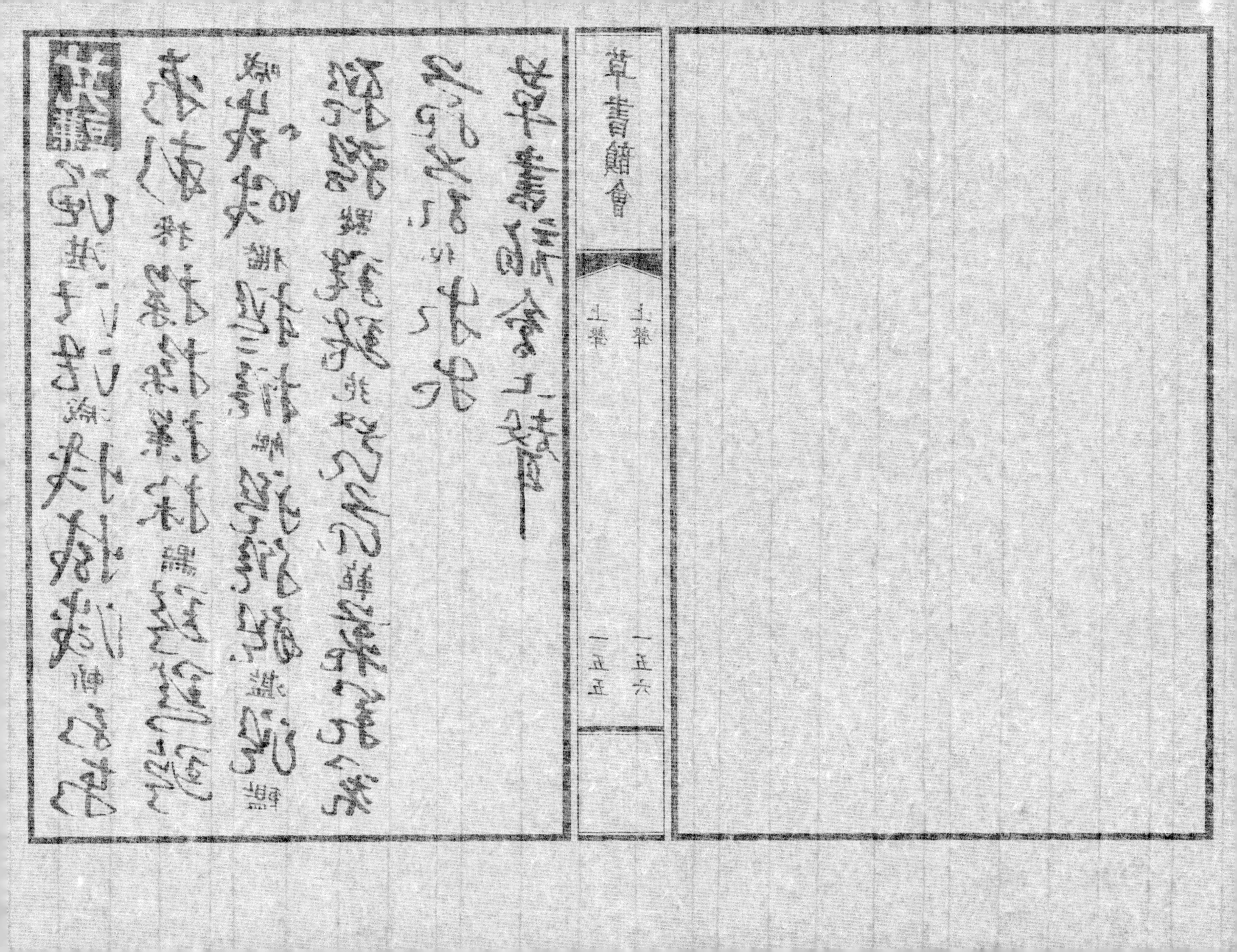

草書韻會上聲 一董

草書韻會去聲

錦溪老人張　天錫　集

送一　宋二　絳三　寘四　未五

御六　遇七　霽八　泰九　卦十

隊十一　震十二　問十三　願十四　翰十五

諫十六　霰十七　嘯十八　效十九　号二十

箇廿一　禡廿二　漾廿三　敬廿四　徑廿五

宥廿六　沁廿七　勘廿八　豔廿九　陷三十

一送

鳳　貢　弄

凍　棟　控　鞚

糉　粽　甕　憁　洞　恫

慟　痛　諷　風

㝱　夢　霧

賵　中　衷　哄

草書韻會去聲

錦溪老人張　天錫　集

送一　宋二　絳三　寘四　未五

御六　遇七　霽八　泰九　卦十

隊十一　震十二　問十三　願十四　翰十五

諫十六　霰十七　嘯十八　效十九　號二十

箇廿一　禡廿二　漾廿三　敬廿四　徑廿五

宥廿六　沁廿七　勘廿八　豔廿九　陷三十

一送

[illegible]

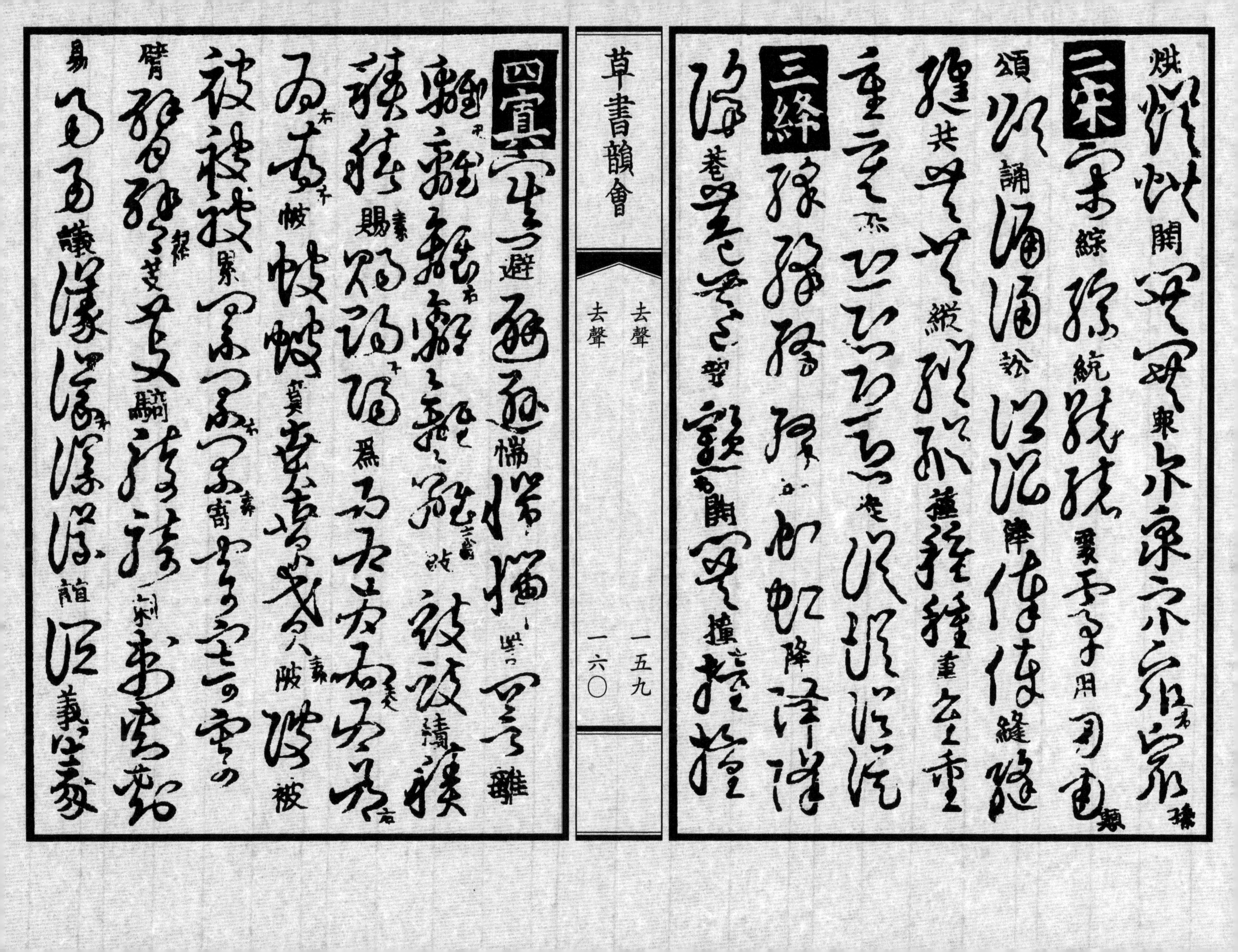

烘 鬨 衆

二宋

綜 統 用

頌 誦 訟 降 縫

共 縱 種 重

三絳

巷 鬨 撞 降

四寘

避 悕 離

賜 積

被 帔

臂 騎

議 誼 義 易

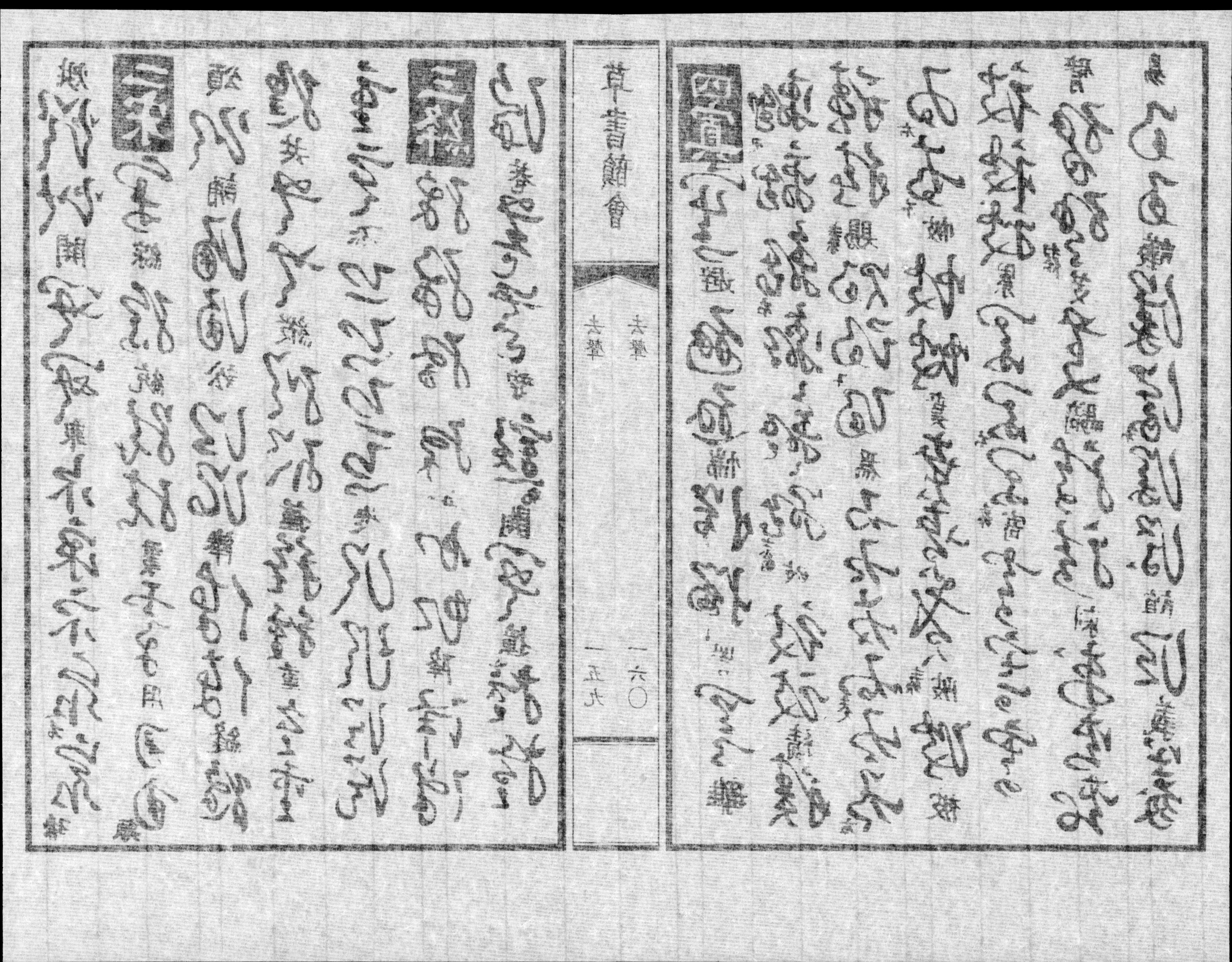

[illegible]

[illegible]

[illegible]

[illegible]

[illegible]

[illegible]

四寘 [illegible]

[illegible]

三絳 [illegible]

[illegible]

[illegible]

[illegible]

[illegible]

二宋 [illegible]

[illegible]

譬 漬 智

縋 錘 戲

企 跂

翅 啻 偽

肆 瑞 諉

至 摯

位 媚 魅 遂 隧 燧

穗 醉 粹

類 淚

季 秘 悶

匱 饋 櫃 備

愧 帥 率 嗜 視

利 莅 膩 遺 致

輊 質 棄

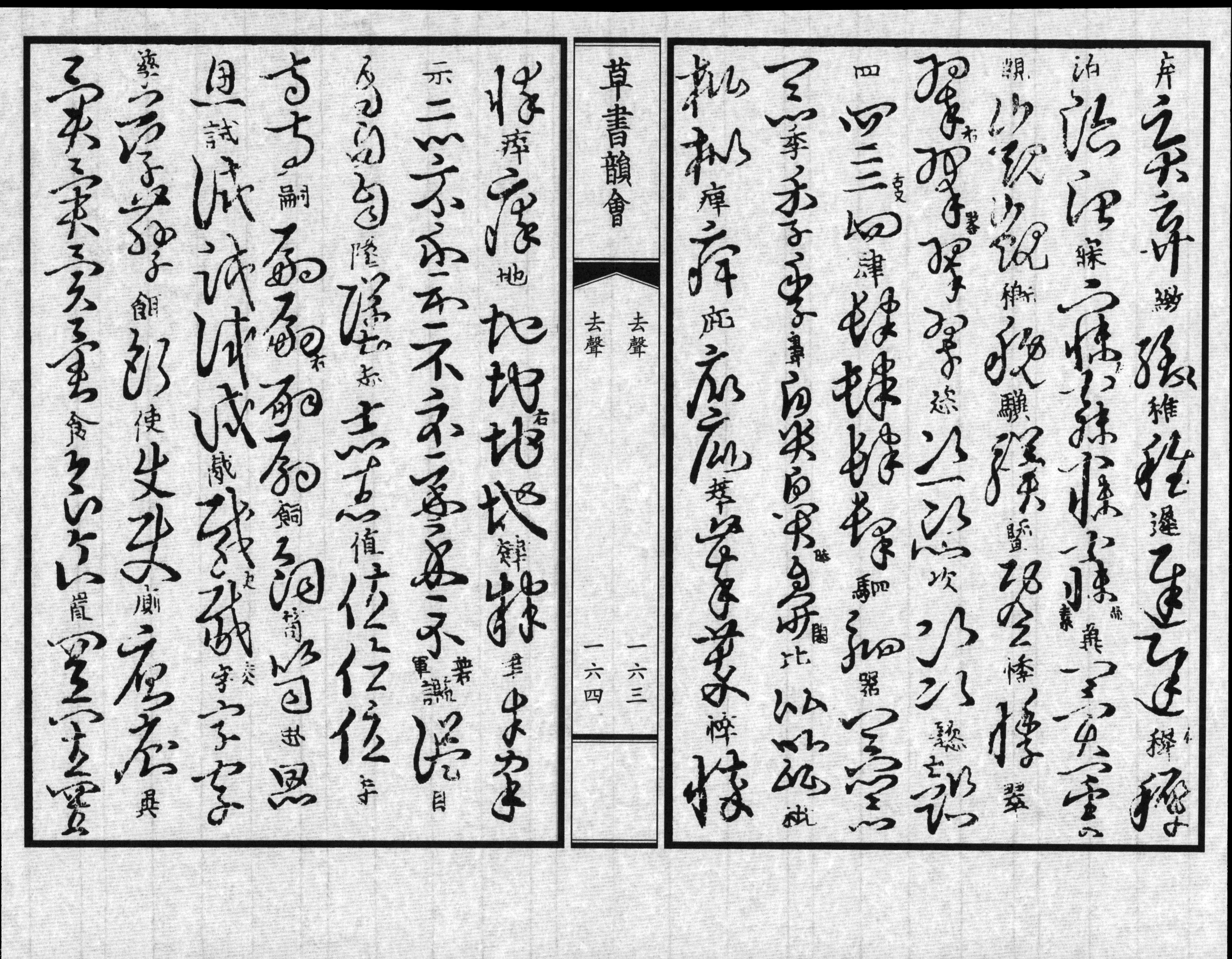

痺 緻 稚 遲 釋

洎 [illegible] 彝

類 [illegible] 驥 暨 悸 翠

[illegible] 遂 次 懿

四 [illegible] 肆 駟 器

季 鼻 [illegible] 閉 比 秕

痺 庇 萃 悴

瘁 地 [illegible] [illegible]

示 [illegible] 目

隧 [illegible] 值 [illegible]

嗣 飼 笥 [illegible]

試 [illegible] 字

[illegible] 餌 使 廁 異

食 置

[illegible] 倉 [illegible] 皇 [illegible]
[illegible] 顏 [illegible] 順 [illegible] 真
[illegible] 遊 [illegible] 敬 [illegible] 宋 [illegible]
[illegible] 論 [illegible] 韻 [illegible] 晉 [illegible] 帝 [illegible]
[illegible] 卒 [illegible] 倉 [illegible] 羊
[illegible] 示 [illegible] 章 [illegible] 五
[illegible] 羲 [illegible] 宮 [illegible] 草 [illegible] 卑 [illegible]

[illegible] 章 [illegible] 古 [illegible] 羲 [illegible] 章 [illegible]
[illegible] 羲 [illegible] 比 [illegible] 東 [illegible]
[illegible] 日 [illegible] 三 [illegible] 庫 [illegible] 器 [illegible]
[illegible] 宋 [illegible] 次 [illegible] 穀 [illegible]
[illegible] 賢 [illegible] 嶽 [illegible] 李 [illegible] 蘇 [illegible]
[illegible] 治 [illegible] 章 [illegible] 集 [illegible]
[illegible] 寧 [illegible] 簡 [illegible] 李 [illegible]

侍 事 熾

幟 意 記

記

五未

未 味 貴 謂

緯 彙 渭 魏

沸 誹 費

尉 慰 畏

蔚 諱 非 旣

毅 氣

欷

六御

御 馭 語 慮

據 鋸 踞 覷

去 署 曙 恕

庶 著 翥 踈

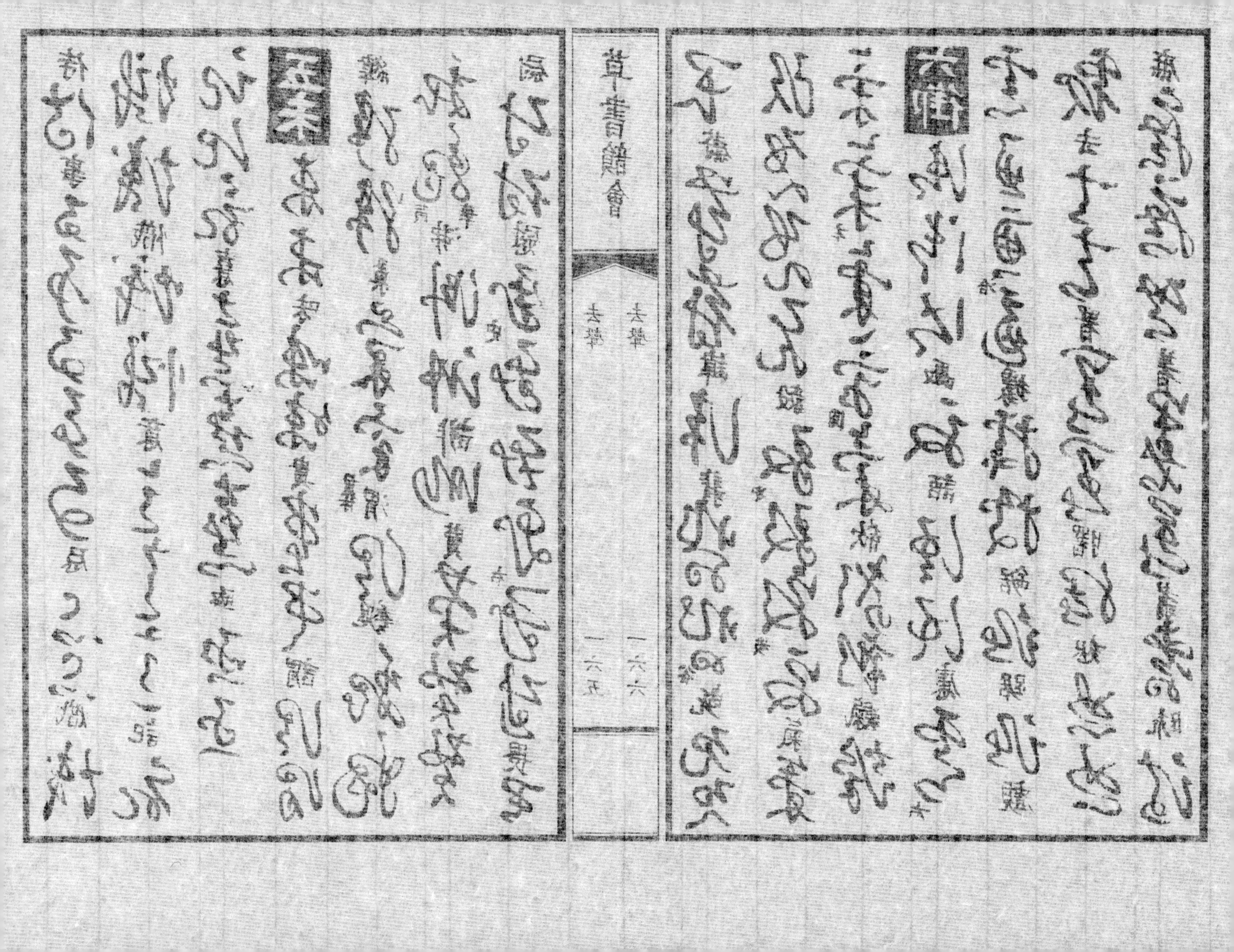

飫 著 筯 除 豫
遽 勴 詐 絮
預 譽 與
蘋 与 女
㚈

七遇

寓 嫗 樹 澍
附 賻 駙 鮒 鑄

炷 屨 瞿 鶵 戍
裕 諭 喻 孺
赴 務
婺 霧 鶩 懼
具 雨
聚
數

[illegible]

[illegible]

[illegible]

[illegible]

[illegible]

[illegible]

[illegible]

七遇

[illegible]

[illegible]

[illegible]

[illegible]

[illegible]

[illegible]

[illegible]

賦

傅 趣

註 屢

暮 布

慕 渡

數 度 路

露 輅 路

蠹 顧 故

痼 固 錮 誤 悞

寤 忤 護

互 濩 訴 愬

泝 素 祚

胙 布 圃

惡 鋪

措 醋 錯 袴 捕

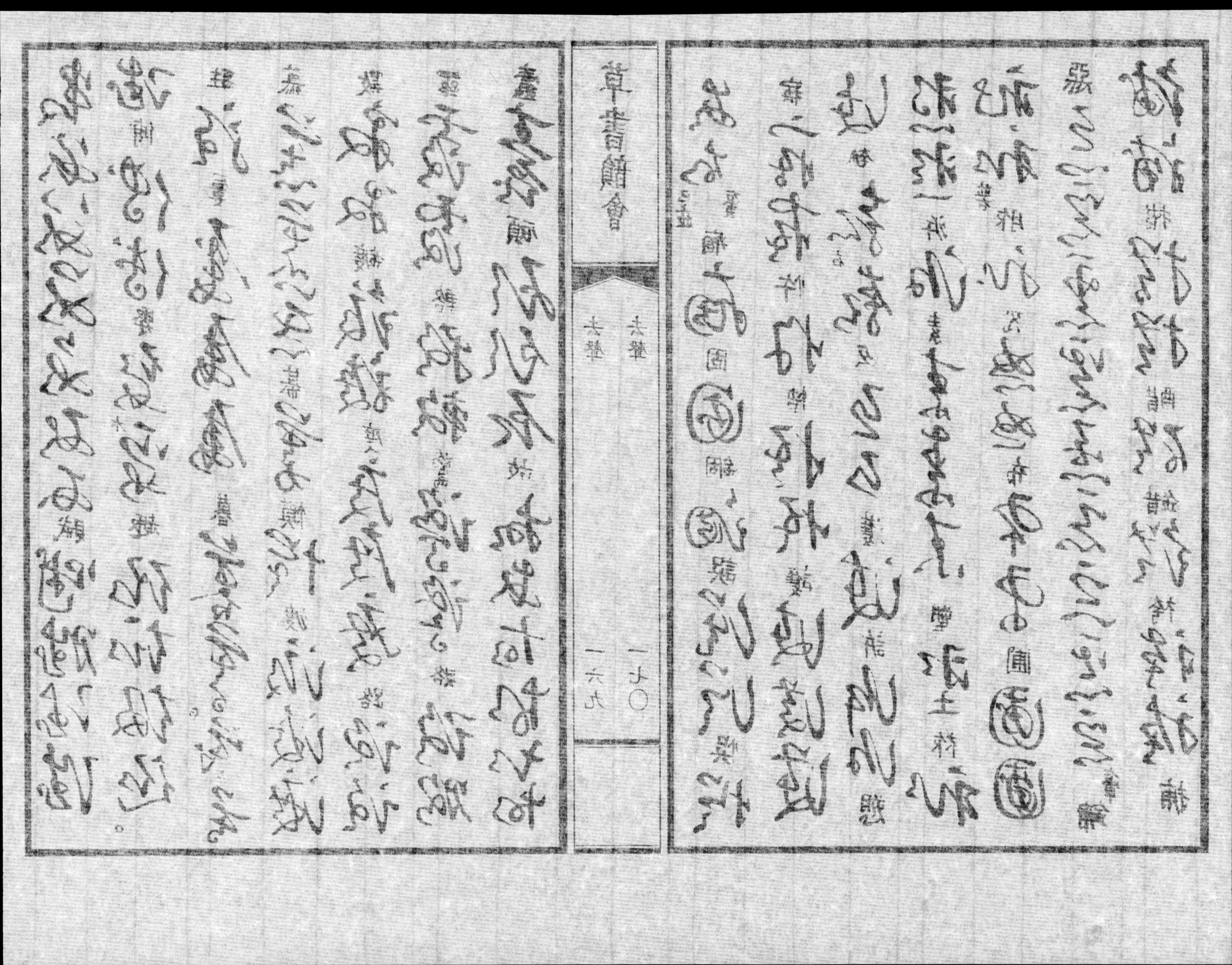

[illegible]

畫 [illegible]

[illegible]

步 作 右 若

八霽

齊 帝 右

諦 蔕 帶 晢

谷 第 右 遰 㡗 褅

棣 逮 逮 砌 妻 細

壻 毛 栔 計 繼 繫

薊 髻 禊 契

翳 鷖 謎

閉 嬖 彗 惠 桂

麗 戾

隸 唳 荔

淚 祭 際

歲 衛 右

谷 贅 毳 脆 銳

[illegible] 贊 [illegible] 壽 [illegible] 說 [illegible]
歲 [illegible] 衛 [illegible]
[illegible] 況 [illegible] 祭 [illegible] 際 [illegible]
[illegible] 隸 [illegible] 淚 [illegible] 裔 [illegible]
麗 [illegible] 戾 [illegible]
[illegible] 閉 [illegible] 婁 [illegible] 書 [illegible] 桂 [illegible]
[illegible] 譎 [illegible] 蔽 [illegible] 詣 [illegible]

[illegible] 藝 [illegible] 契 [illegible]
[illegible] 瞽 [illegible] 吳 [illegible] 信 [illegible] 繼 [illegible]
[illegible] 隸 [illegible] 逮 [illegible] 逮 [illegible] 結 [illegible] 喜 [illegible] 細 [illegible]
[illegible] 谷 [illegible] 逝 [illegible] 噬 [illegible] 締 [illegible]
[illegible] 諦 [illegible] 蒂 [illegible] 帶 [illegible] 替 [illegible]

八霽

[illegible] 齊 [illegible] 帝 [illegible]
[illegible] 芥 [illegible] 計 [illegible]

[illegible] 害 綴 税

說 蛻 弊 幣 篳

蔽 蹶 徒 掣

制 製 晢

逝 噬 誓 遾 曳

裔 歠 泄 澨 瘞 藝

滯 例 厲

礪 勵 憩 揭 世

勢 槸 厲 偈

九泰

大 蓋

艾 譮 藹 奈 柰 害

帶 蔕 螮 貝

貝 沛 霈 會 繪 快

兌 鱠 檜 最 噦

[illegible]

[illegible]

[illegible]

[illegible]

泰 [illegible]

[illegible]

[illegible]

[illegible]

[illegible]

[illegible]

[illegible]

[illegible]

[illegible]

[illegible]

[illegible]

酹 外 旆 蔡

纇 籟

癩 瀨 駭 沬

十卦

桂 罣 懈 解

廨 隘 邂

畫 畫

粺 稗 䏶 派 債 灑

繲 恠 壞 瘵 誡

戒 界 介

芥 械 薤 瀣 蒯 嘳

拜 瞶 憊 殺

勱 楷 獪 快 駃 邁

助 話 敗 蠆

十卦

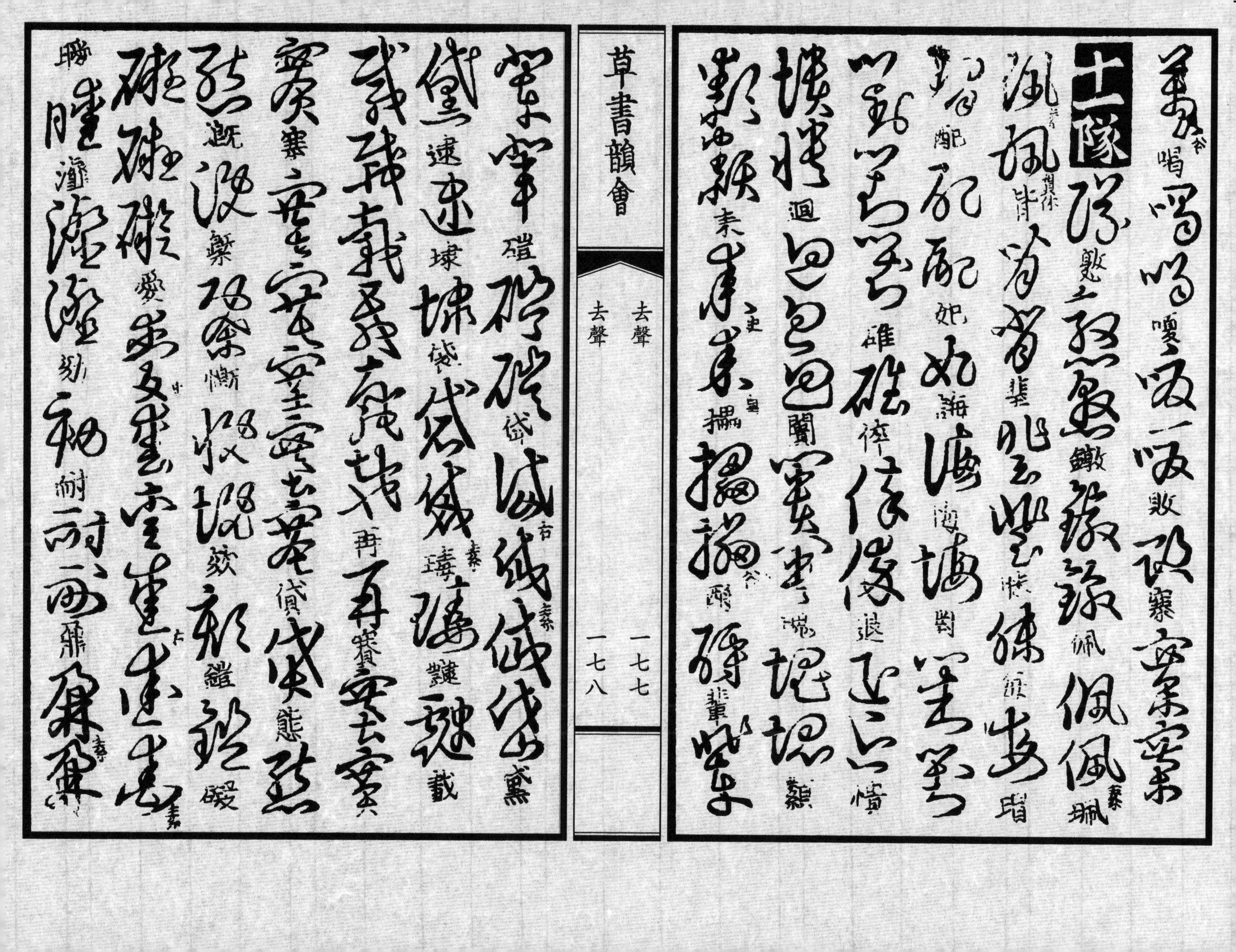

十隊

[illegible]

[illegible]

[illegible]

[illegible]

[illegible]

[illegible]

[illegible]

[illegible]

[illegible]

[illegible]

[illegible]

[illegible]

[illegible]

十一隊

[illegible]

賦 資 棄 菜 任

栽 廢 肺 穢

吠 喙 刈

十二震

震 振 賑 信

訊 迅 動

亂 遴 吝 悋

藺 躪

殯 陳 慎

蜃 燼

晉 搢 進

盡 鎮 僅 覲

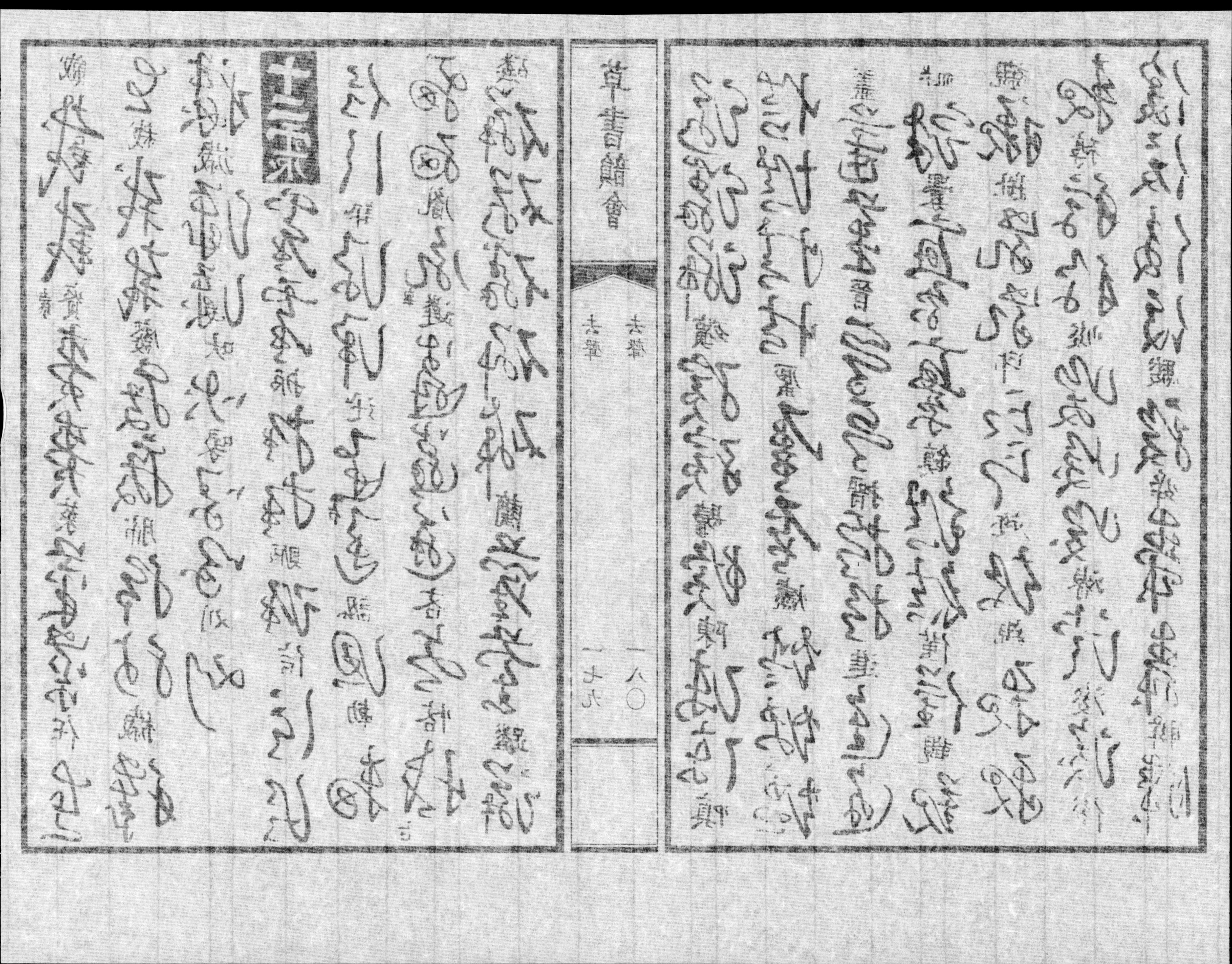

[illegible]

[illegible]

[illegible]

[illegible]

[illegible]

[illegible]

[illegible]

[illegible]

[illegible]

[illegible]

[illegible]

[illegible]

十三祭

[illegible]

[illegible]

閏 潤 順 揗

十三問

鄆 暈 運

韻 訓 忿

糞 僨 奮

醞 愠 蘊 攗

裙 皸 郡 分

炘 焮 斴 斤

螼 槿 近

十四願

願 怨 鄢

券 勸 萬

蔓 飯 建

壿 獻 遠

健 遠 願

十四願

十三問

巽 遜 困 嫩 悶

鐏 噴 飾 濆 坌

論 捘 恨 艮

十五翰

翰 桿 汗 悍 瀚

閈 炭 歎 按

案 憚 彈 榦 幹 岸

看 衎

漢 熯 爛

難 粲 璨 敦

贊 讚

鄼 換

鑽 惋 腕 貫 館

錧 矔 爟

[illegible]

[illegible]

[illegible]

[illegible]

[illegible]

[illegible]

[illegible]

索 [illegible]

閣 [illegible]

十五翰

[illegible]

[illegible]

[illegible]

[illegible]

[illegible]

鸛 冠 觀
爟 貫
爨 翫 玩
段 鍛
亂 乱 鍛
斷
喚 煥 筭
蒜 漫 謾

半 判 泮 叛
畔 伴 攢

十六諫

澗 鐧 鴈 贋
晏 鷃 幔 慢
宦 撰 擐
豢 慣 撰
串 棧 綻 間

[illegible] 閣 [illegible] 懷 [illegible] 秦 [illegible] 米 [illegible]

[illegible] 顏 [illegible] 藥 [illegible] 芊 [illegible] 顛 [illegible]

[illegible] 孫 [illegible] 淳 [illegible] 十六 [illegible]

[illegible] 張 [illegible] 鍾 [illegible] 十 [illegible] 十八 [illegible]

十一隊

[illegible] 閣 [illegible] 閣 [illegible] 淳 [illegible] 𩅿 [illegible] 索

[illegible] 四 羊 [illegible] 羊 [illegible] 藏 [illegible]

羊 [illegible] 羊 [illegible] 懷 [illegible] 羊 [illegible] 趙 [illegible]

[illegible]

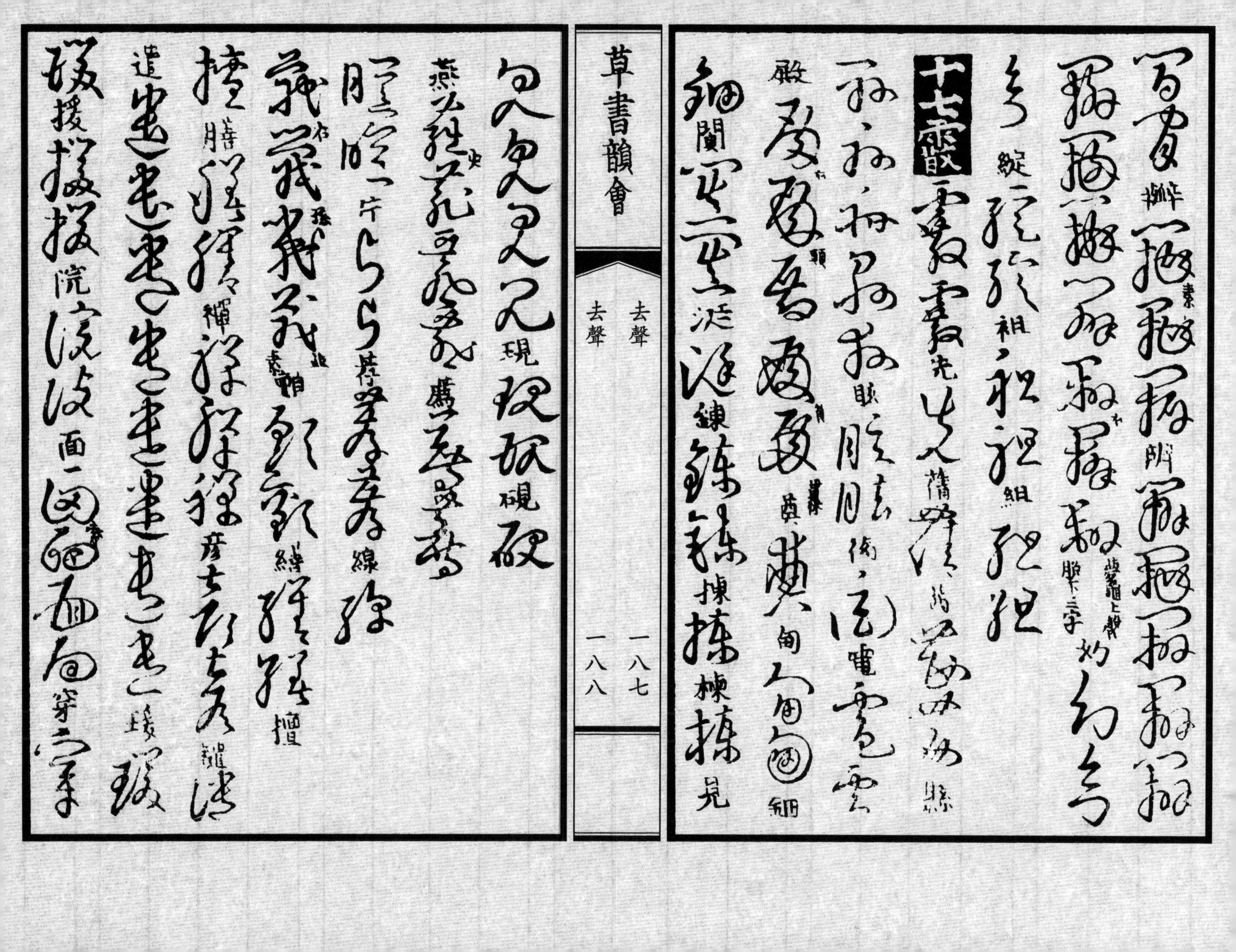

十七霰

撇 解 縦 祖 組 腳下二字 霰 先 縣 殿 眩 電 甸 細 淀 練 揀 楝 見

現 硯 燕 線 擅 膳 禪 遣 援 院 面

[illegible]

[illegible]

[illegible]

[illegible]

[illegible]

[illegible]

[illegible]

[illegible]

[illegible]

[illegible]

十七霰

[illegible]

[illegible]

[illegible]

[illegible]

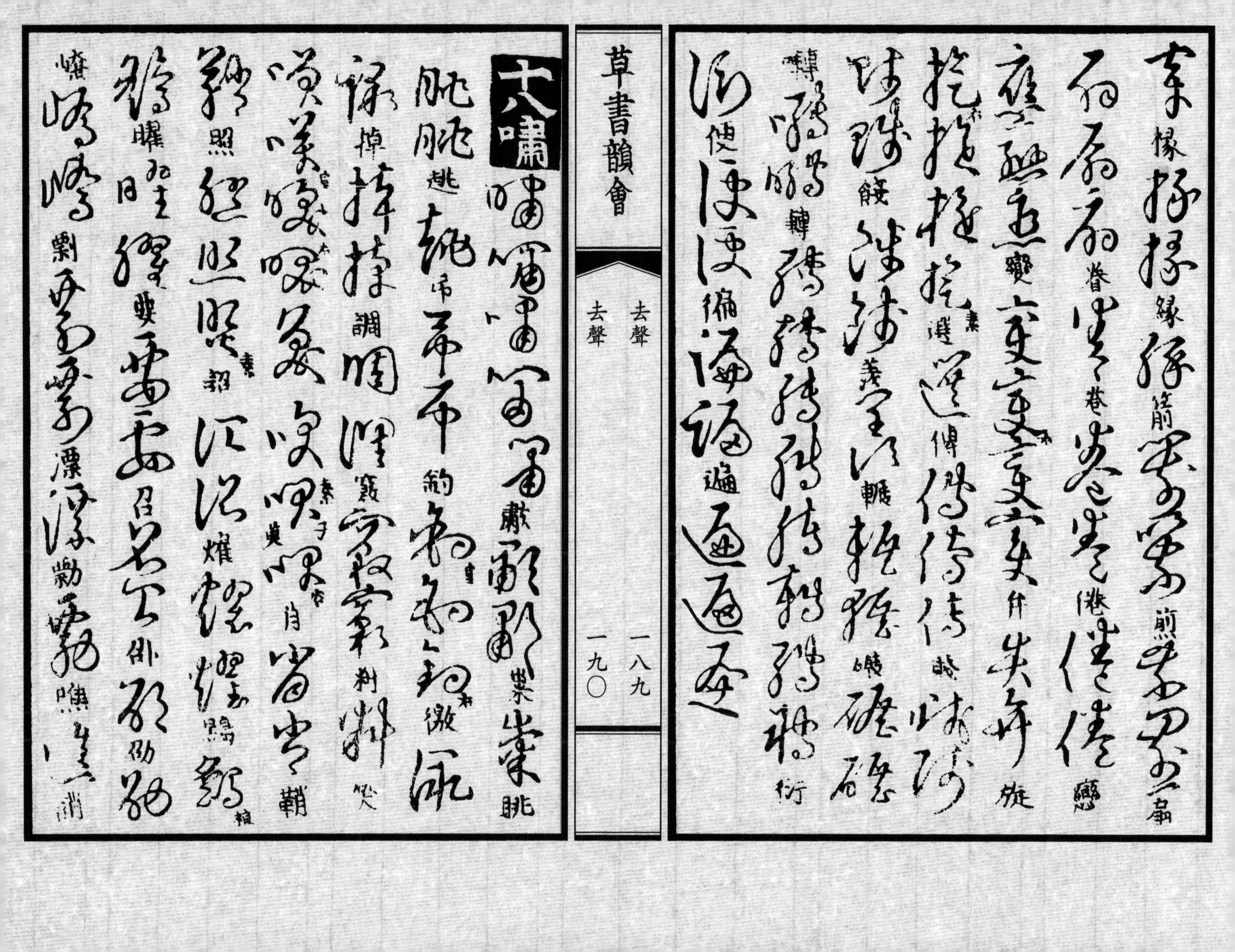

椽 緣 箭 煎 扇

眷 倦 戀

變 弁 旋

選 傳

餞 羨 輾

囀 轉 衍

使 徧 遍

十八嘯

嘯 歗 糶 眺

朓 趒 弔 約 徼

掉 調 竅 料

窅 奥 肖 鞘

照 詔 燿 鷂

曜 要 召 劭

嶢 剽 漂 勦 噍 誚

十卦

[illegible]

[illegible]

[illegible]

[illegible]

[illegible]

[illegible]

[illegible]

[illegible]

[illegible]

[illegible]

[illegible]

[illegible]

[illegible]

杪 療 療 醮
醻 廟 燒

十九效

効 挍 斆 教
較 覺 孝
罩 豹 爆 儌 貌
窌 棹 橈 鬧
笊 鈔 軺 樂 磽

二十号

號 導
翿 纛 悼 踔
盜 燾 巢
到 禱 倒 誥 縞
膏 傲 帽 耄 耄
瑁 澇 勞
操

[illegible]

[illegible]

[illegible]

[illegible]

[illegible]

[illegible]

二十號

[illegible]

[illegible]

[illegible]

[illegible]

[illegible]

[illegible]

十九效

[illegible]

[illegible]

造 悬

譟 澡 報 漕

奥 燠 隩 噪 掃 擣

稾 竈 耗 好 普

廿一箇

个 賀 佐 左

邏 軻 著 餓

馱 奈 那 著

拖 過 和

挫 課 唾 涶

播 簸 剉 磨 破

卧 華 貨 惰 擇

廿二禡

罵 駕 稼

架 價 假

亞 嚇 罅 咤

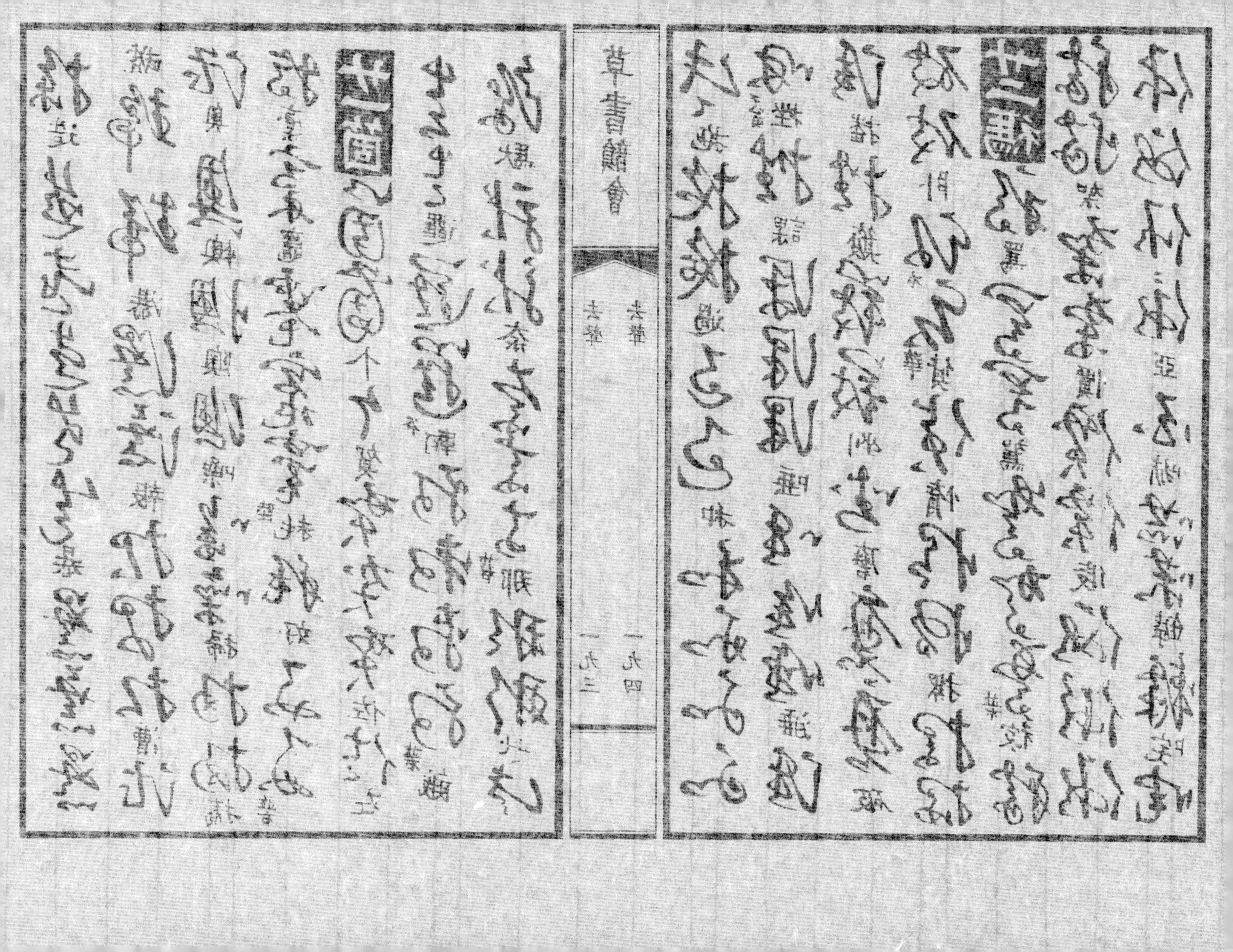

廿一箇

廿二禡

詐 咋 作 謝 榭

暇 夏 藉

夜 射 御

鷓 炙 蔗 舍

麝 罵

灞 華 跨

廿三漾

漾 恙 颺 樣

養 亮 諒

兩 量 讓 帳 漲

帳 韔 向 釀

匠 障 嶂 瘴 尚

怏 唱 創 槍 醬

仰 訪 妄 望

忘 放

[illegible]

草書韻會

去聲

去聲

一九六

一九五

薦 [illegible]

[illegible]

相 宕 踢 浪 閬 傍
行 盎
藏 並
當
抗 謗 儻 曠 喪
擴 鋼

敬

竟 鏡

映 鏡 慶
命 病 右
評 孟
檳 詠 泳 迸 諍
迸 硬 勁 倩 清 政
聖 鄭 聘
夐 併 弁

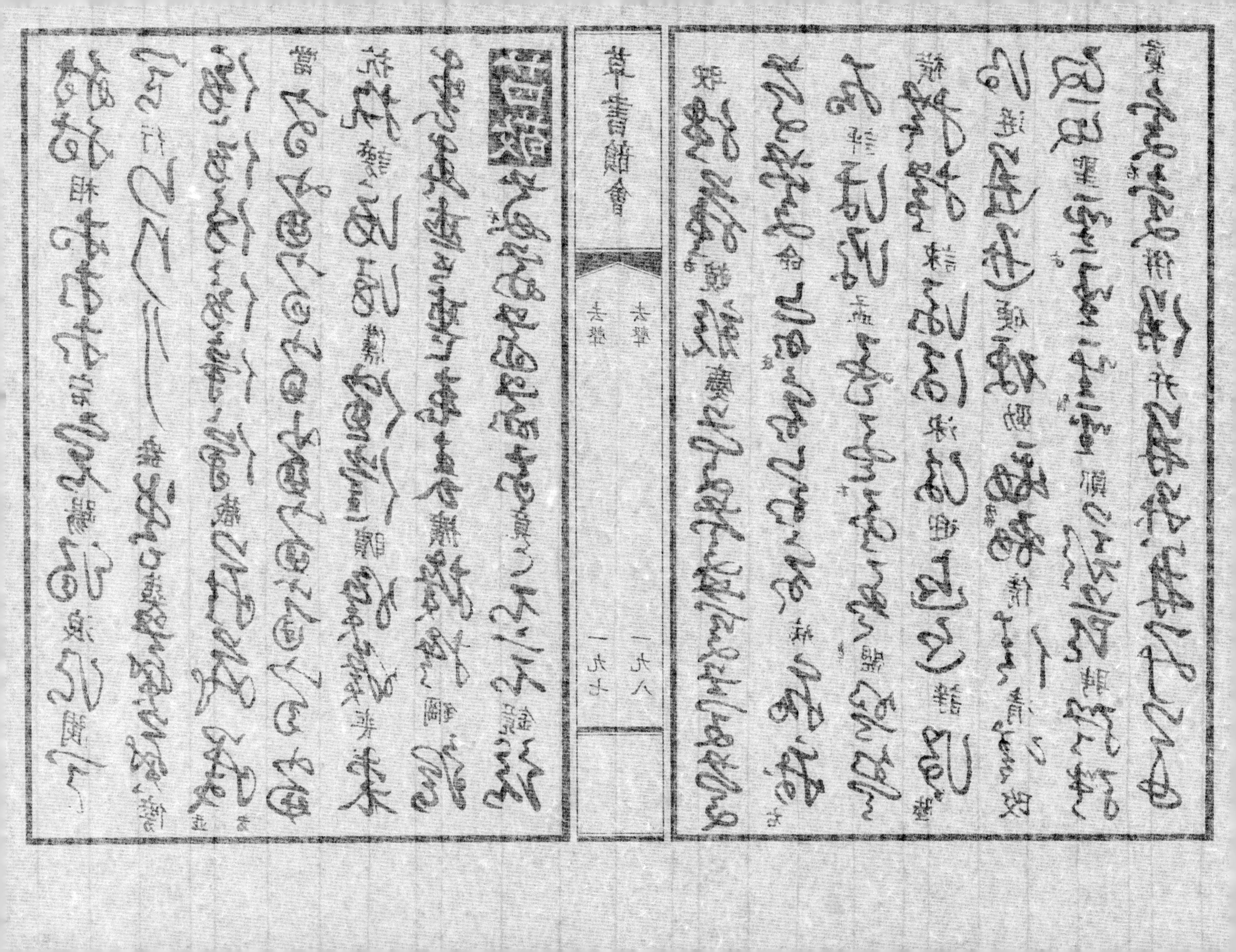

草書韻會

去聲

去聲

一九八

一九七

廿四敬

貢 [illegible] 井 [illegible]

[illegible] 重 [illegible]

逆 [illegible]

[illegible] 詠 [illegible] 諍

評 [illegible]

命 [illegible]

[illegible]

[illegible] 鏡

[illegible] 圖

抗 競 [illegible] 來

當 [illegible]

[illegible]

行 [illegible]

相 [illegible]

淨 穽 請

徑 經 逕 甯

佞 濘 醒 定

廷 剄 罄 磬

聽 瞑 瑩 鎣

證 孕 應

甑 興

勝 勝 凭 稱

拯 凝 蹬 鐙 蹭

亘 鄧 蹬 憎

宥 佑 右 祐

囿 救 灸 廄 究 胄

酎 宙 籀 晝

狩 獸 鬭 首 收

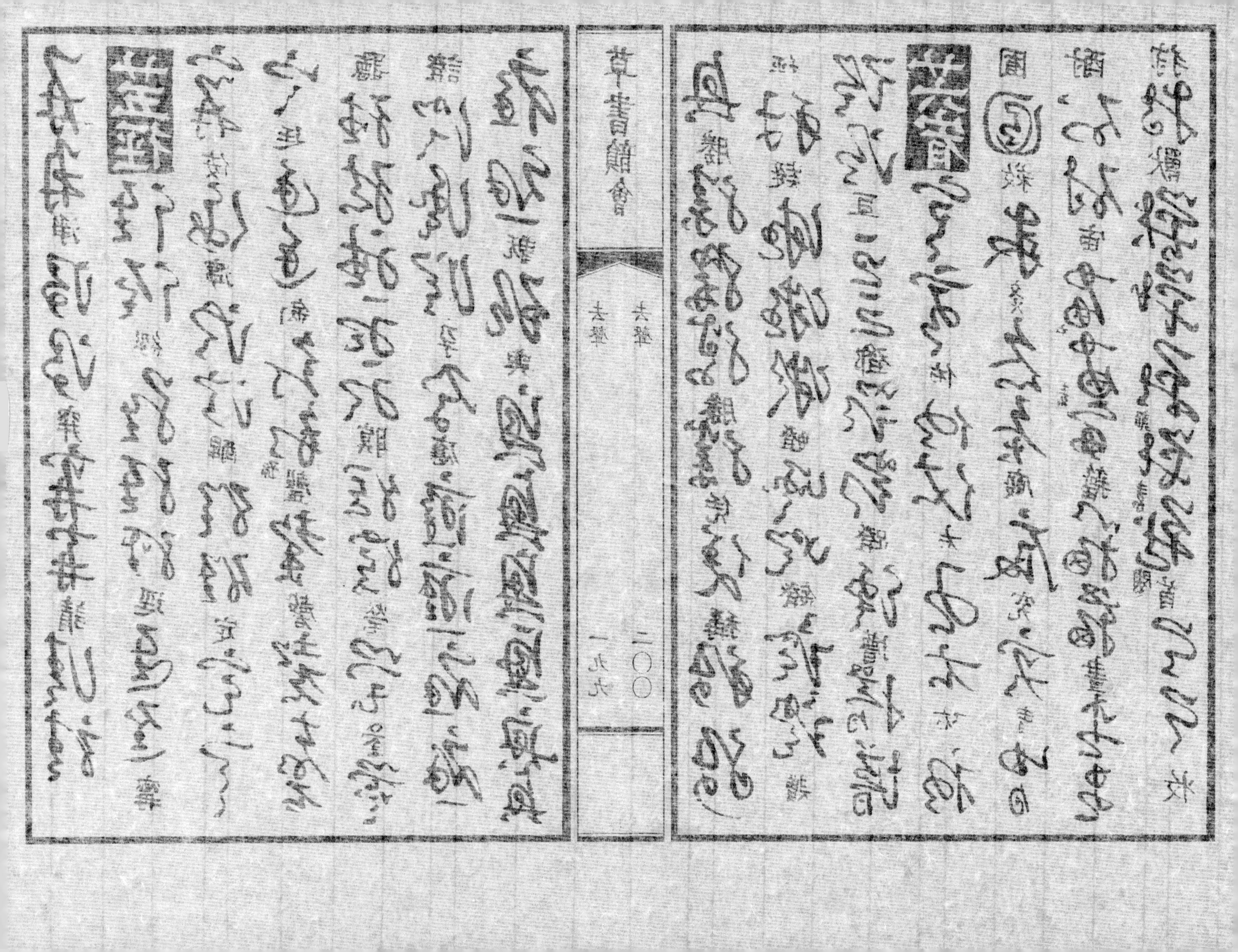

收 臭 岫 袖 祝 舊

瘦 皺

副 富

畜 溜

留

繡 宿

驟 懋 就

糅 復 伏 複

柚 猶 授 壽

候 逅

寇 茂 貿 戍

袤 懋 竇

鬭 嗽 漱

奏 遘

[illegible]
[illegible]
[illegible]
[illegible]
[illegible]
[illegible]
[illegible]

[illegible]
[illegible]
[illegible]
[illegible]
[illegible]
[illegible]
[illegible]

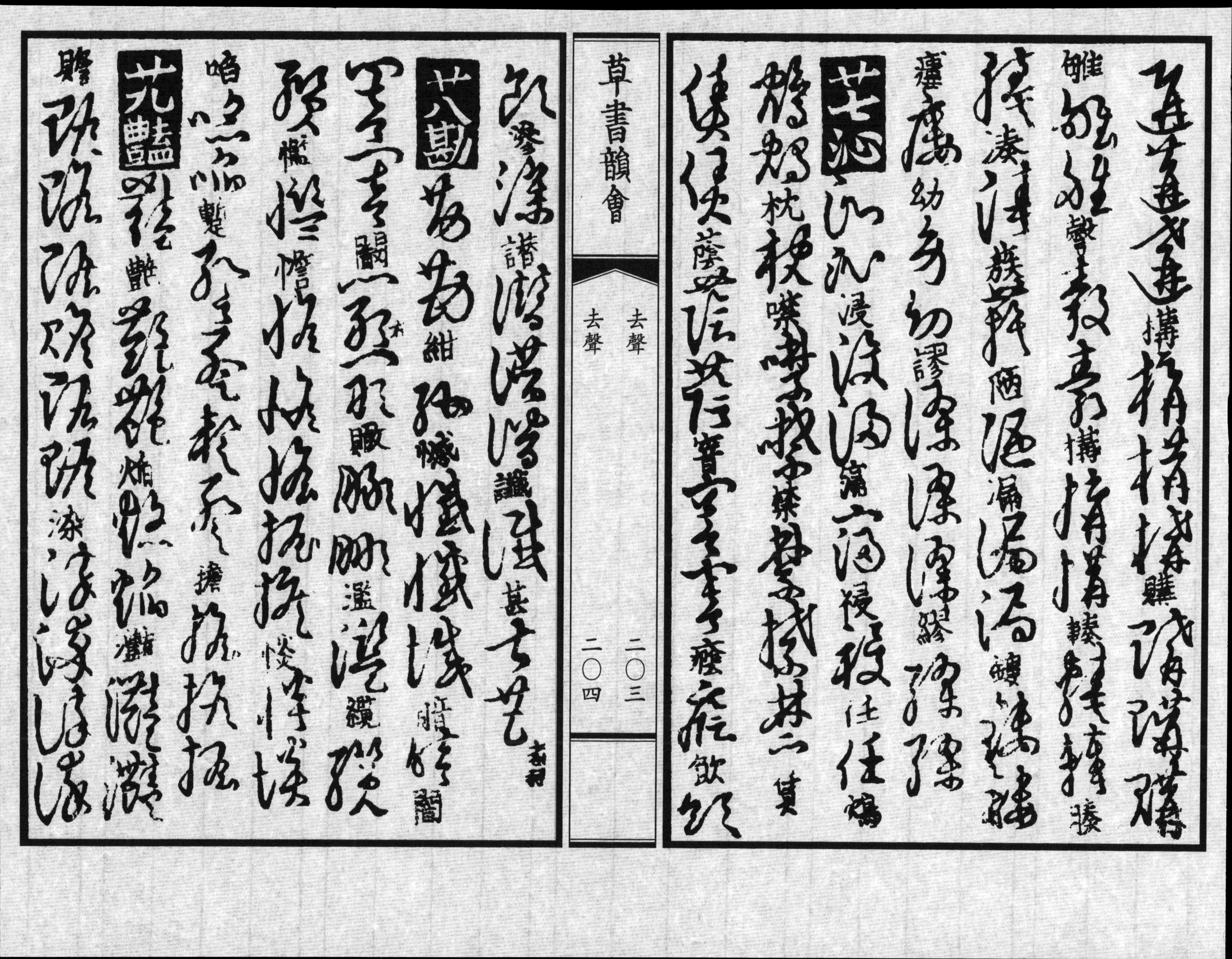

搆 購

雊 彀 搆 覯 媾

湊 簇 陋 漏 鏤

瘻 幼 謬 繆

沁

浸 寖 浸 任

枕 噤 禁 賃

蔭 窨 癮 飲

參 譖 讖 甚

勘

紺 憾 暗

闞 瞰 濫 纜

儋 憺 惔

啗 甔 擔

豔

豓 焰 爓

贍 渰

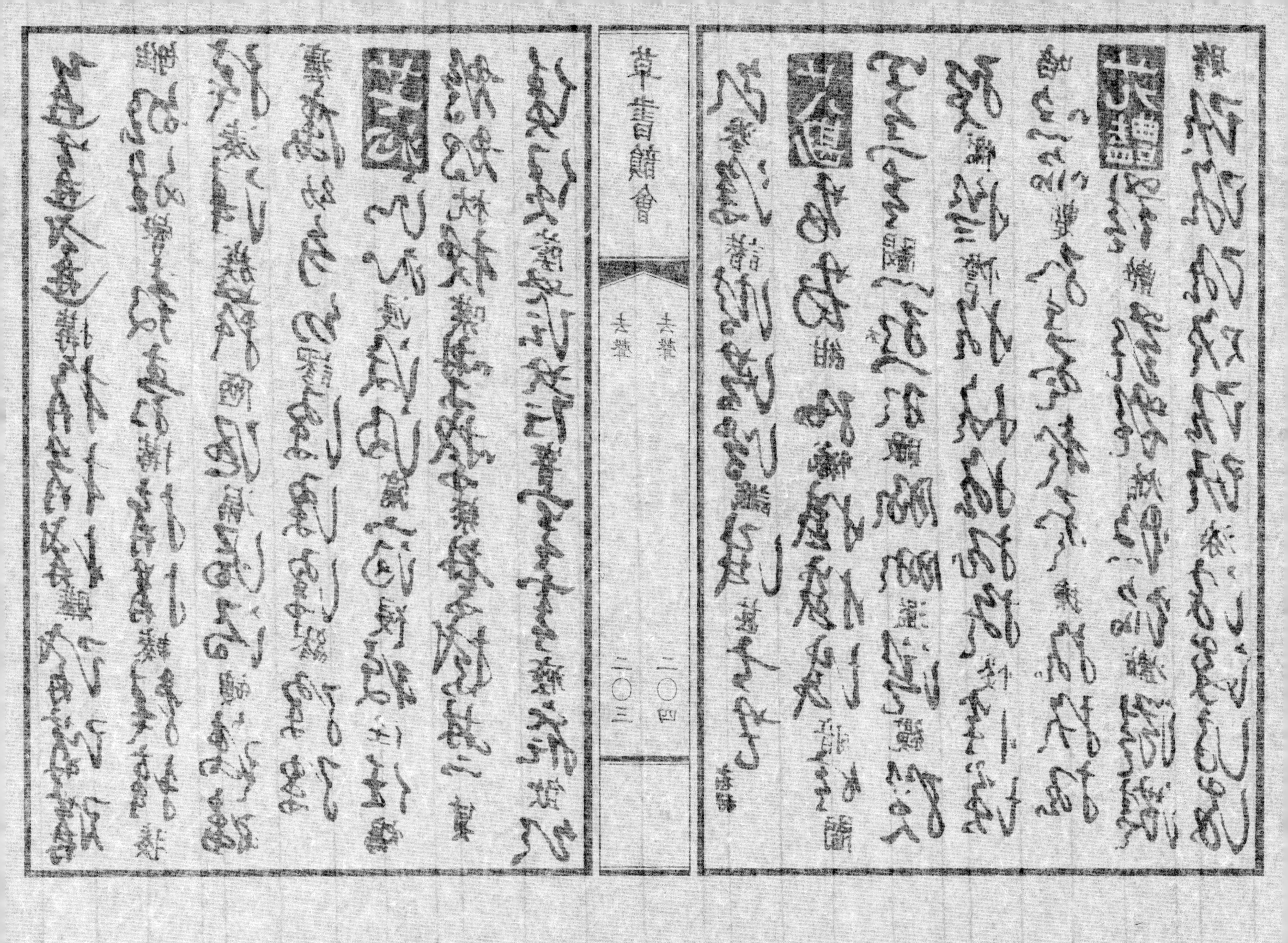
草書韻會
去聲
二〇四
去聲
二〇三

厭 猒 饜

窆 驗 閃 掞 塹

壍 槧 獫

斂 覘 譫

讝 坫 㮇 念 店

墊 僭 謙

釅 上

三十陷

陷 蘸 歁 [illegible]

鑑 鑒 監 懺

顲 轞 梵 帆

汎 泛 劒 欠

家公

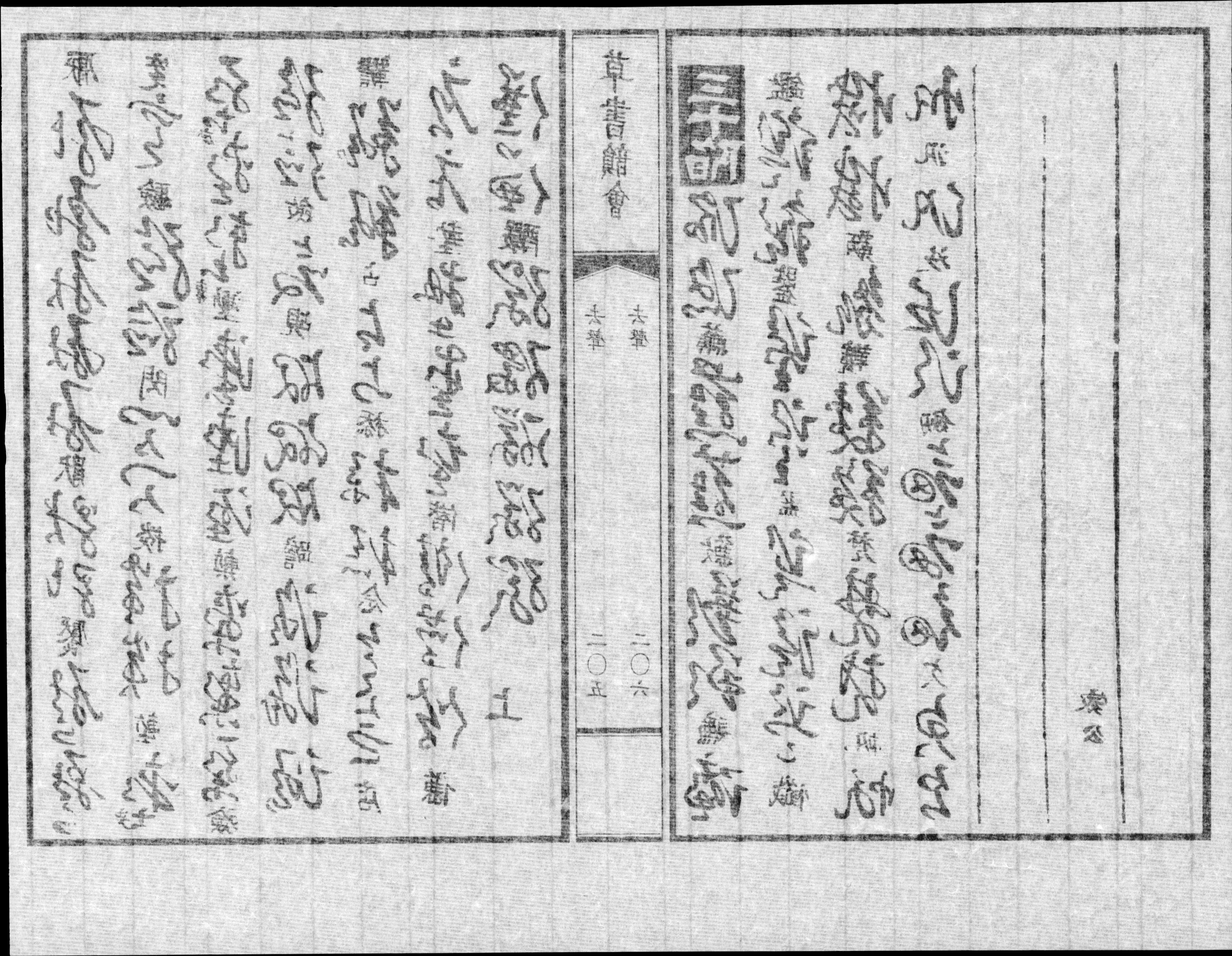

三十箇

草書韻會入聲

錦溪老人張 天錫 集

屋一 沃二 覺三 質四 物五

月六 曷七 黠八 屑九 藥十

陌十一 錫十二 職十三 緝十四 合十五

葉十六 洽十七

屋

走 索 獨

讀 髑 讀

瀆 牘 瀆 犢

轂 云 睦 轂 轂

谷 走 奥 轂 穀

槲 斛 髮 秀 速 蔌

餗 涑 祿 素 鹿

漉 轆 麓 族

草書韻會入聲

錦溪老人張天錫 集

屋一 沃二 覺三 質四 物五

月六 曷七 黠八 屑九 藥十

陌十一 錫十二 職十三 緝十四 合十五

葉十六 洽十七

一屋

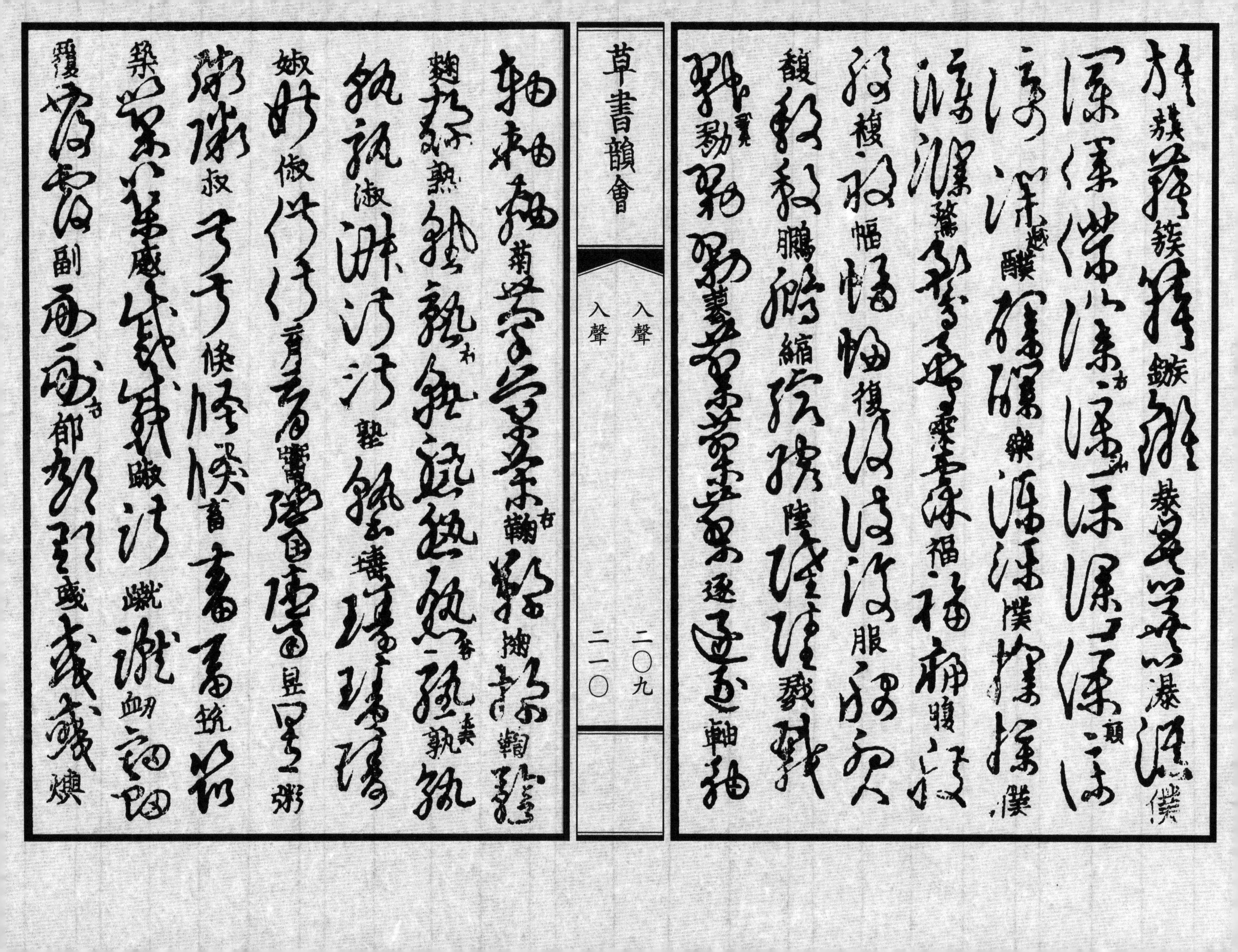

蔟 鏃 暴 瀑 僕
醭 濮 僕
鶩 福 腹
幅 復 服
馥 鵩 縮 陸 戮
勠 逐 軸

菊 鞠 掬 鞫
麴 熟 孰
淑 塾 璹
婌 俶 育 昱 粥
叔 倏 儵 畜 慉
築 戚 蹴 蹴 衄
覆 副 郁 彧 燠

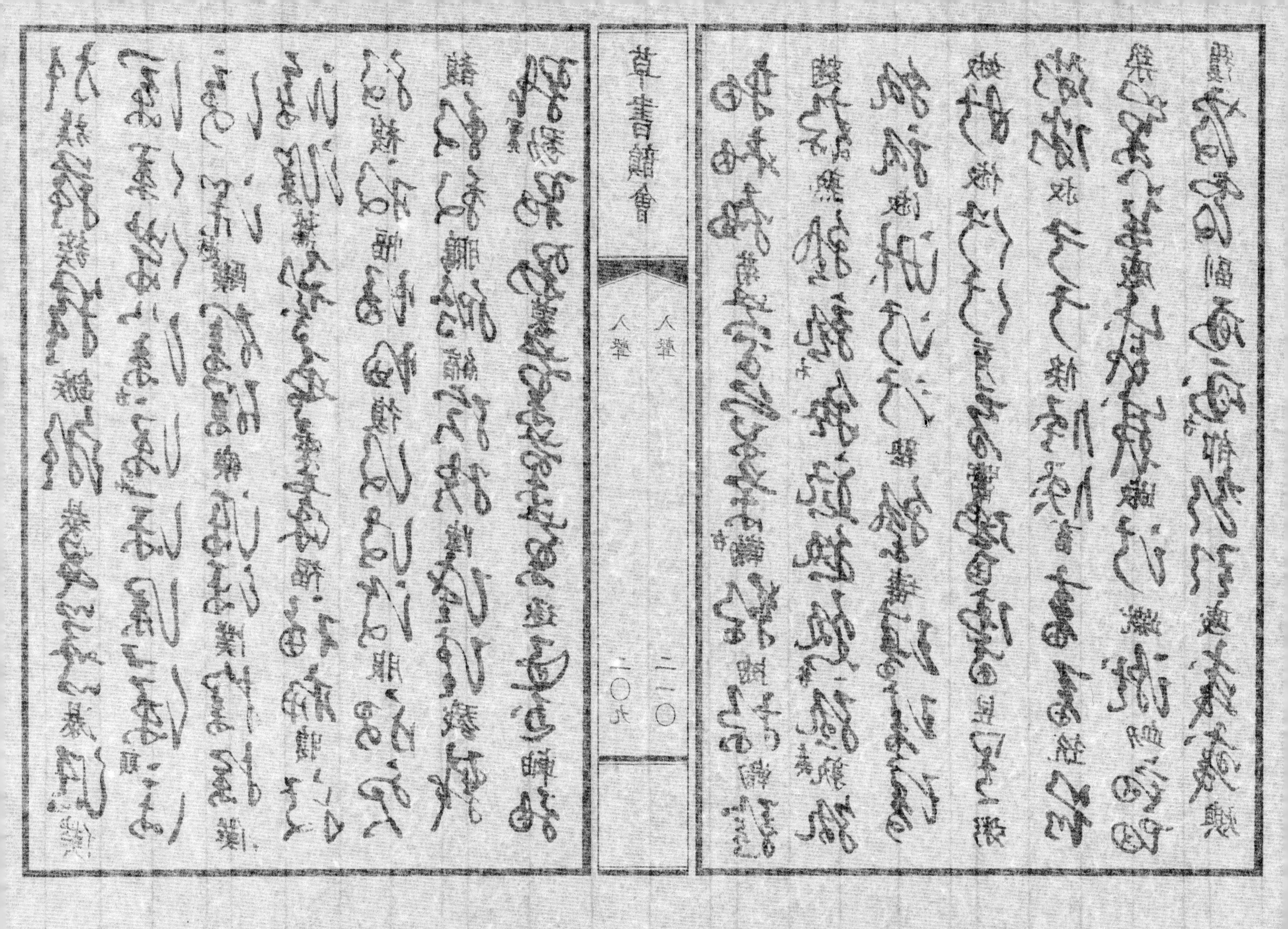
草書韻會
入聲
二一〇
入聲
二〇九

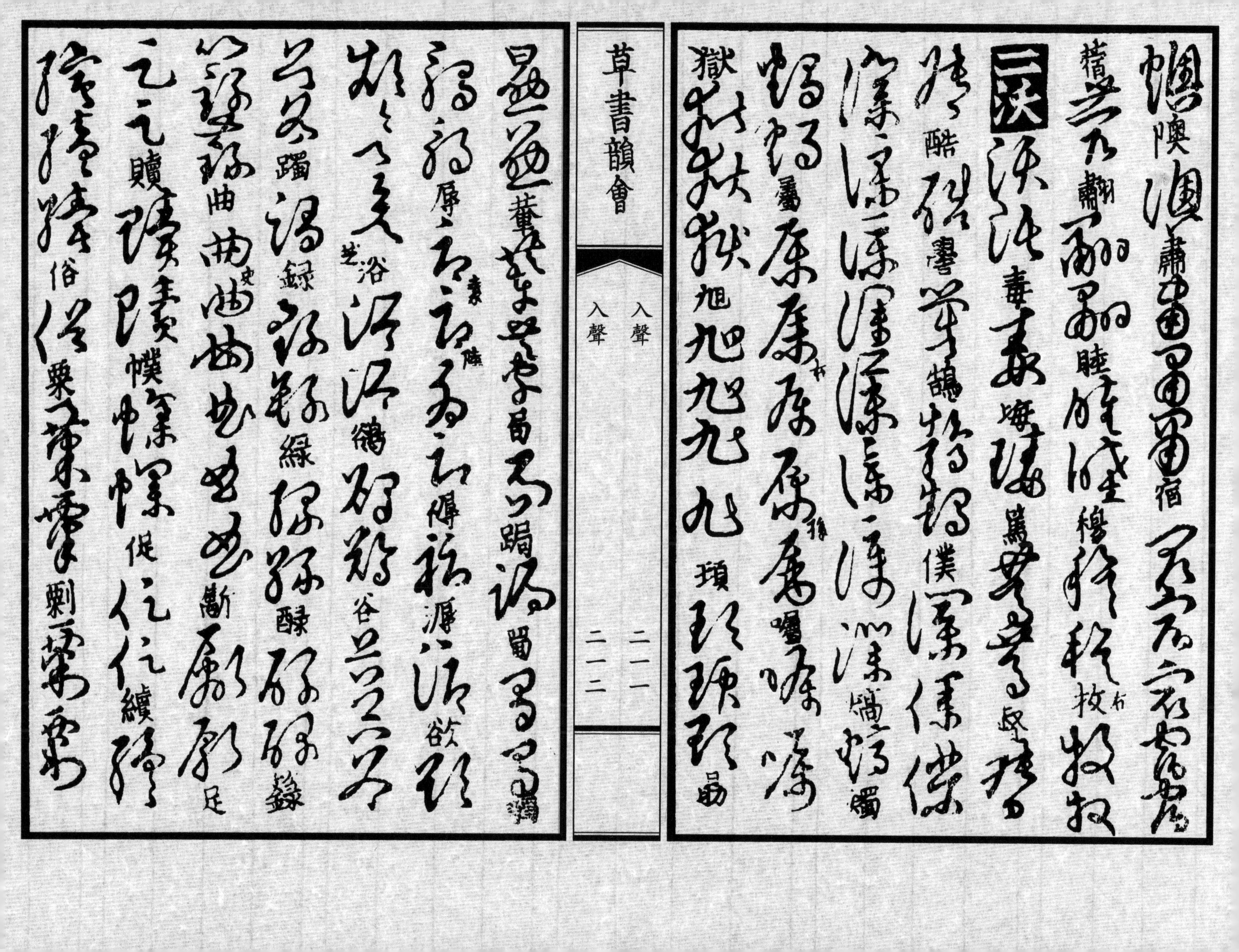

隩 肅 宿 稸 鷫 睦 穆 牧

二沃

毒 篤 督 酷 礐 僕 鵠 屬 燭 獄 旭 頊 勗

蕃 躅 辱 褥 溽 欲 浴 鵒 谷 躅 録 緑 醁 籙 曲 斸 足 贖 樸 促 續 俗 粟 剩

[illegible] 谷 [illegible] 藥 [illegible]
[illegible] 蘇 [illegible] 夜 [illegible]
[illegible] 西 [illegible]
[illegible] 趙 [illegible]
[illegible] 谷 浴 [illegible] 谷 [illegible]
[illegible] 欲 [illegible]
[illegible] 黃 [illegible]

[illegible]
[illegible]
[illegible]
[illegible]

二沃

[illegible]
[illegible]
[illegible]

三覺

斠

桷 涌

較 珏 瑴

榷 擉 樂 鸑

浞 斮 朔 嗽 削

槊 數

斲 琢 啄 剝

駁 邈 雹 璞

樸 殼 確 礐 擢

渥 握 搦 逴 趠

踔 犖 學 鷽

四質

郅 騭

鑕 駰 窒 秩 帙

悉 膝 蟋

壹 漆 桼

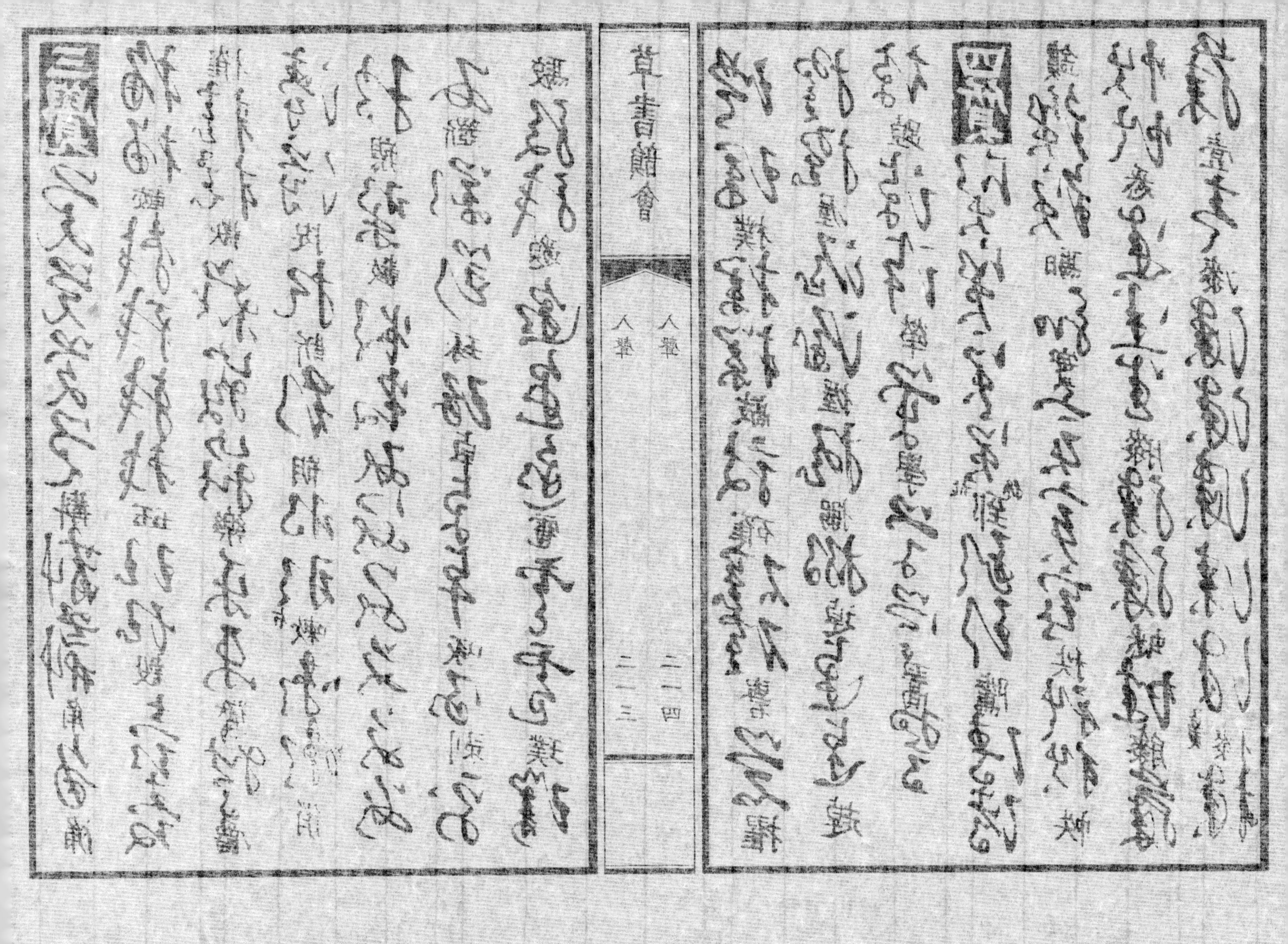
草書韻會

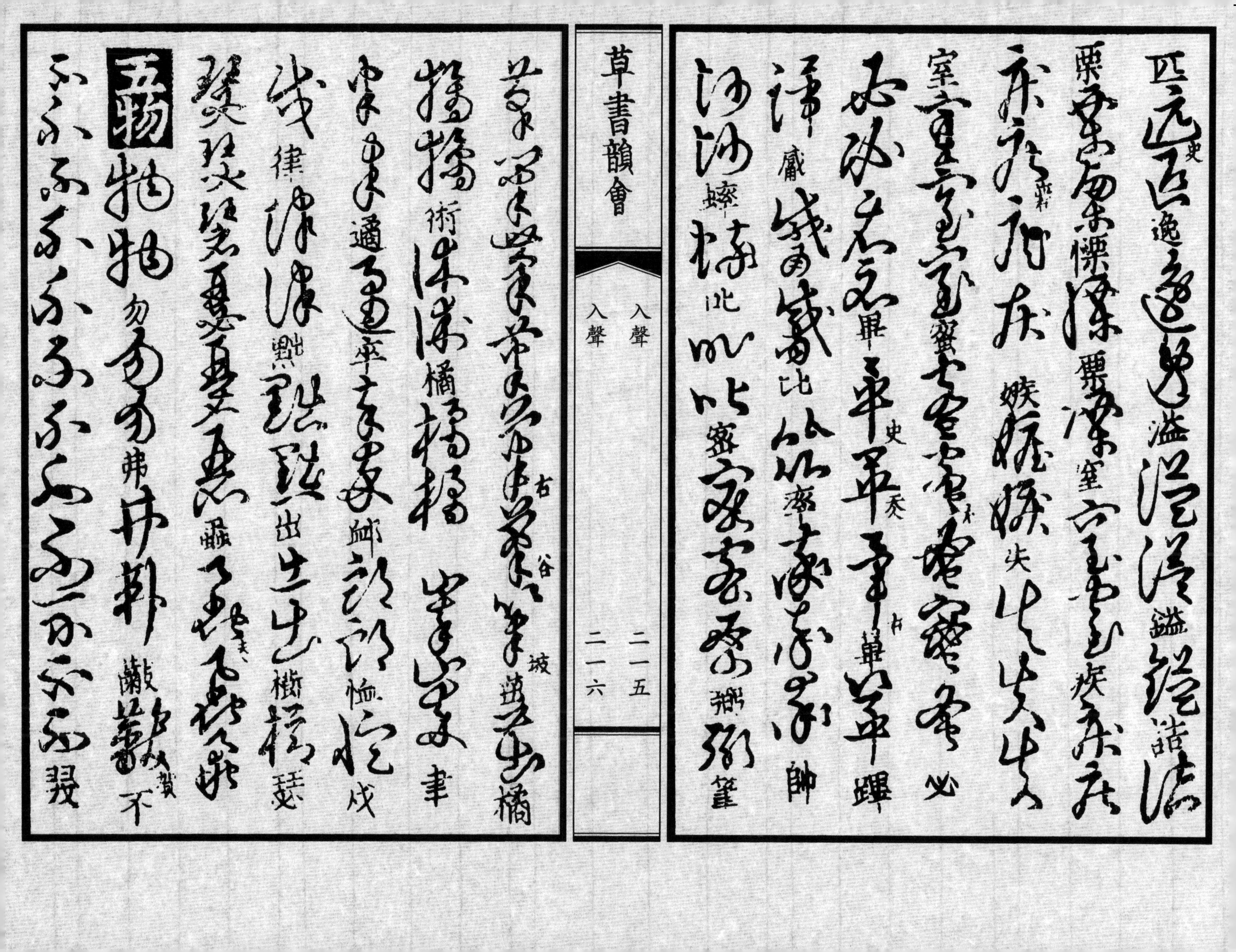

匹 史 逸 溢 鎰 謚

栗 慄 窒 疾

嫉 失

室 蜜 必

畢 史 蹕

比 率 帥

蟀 比 筆

古 谷 橘

術 橘

聿

通 卒 恤 戌

律 黜 出 櫛 瑟

蝨

五物

勿 弗 黻 不

月

歸 鬱

鬱 蔚 尉 蔚

拂 佛 佛

訖 吃 屹 屹

軏 杌 闕

芾 越

粤 鉞 樾 厥 蹶

蕨 闕

髮 韈 韈

謁 歇 揭 碣 竭

没 骨 滑 勃

突 揬 忽 笏

窟 訥 窣 猝

紇 淈 鶻 卒

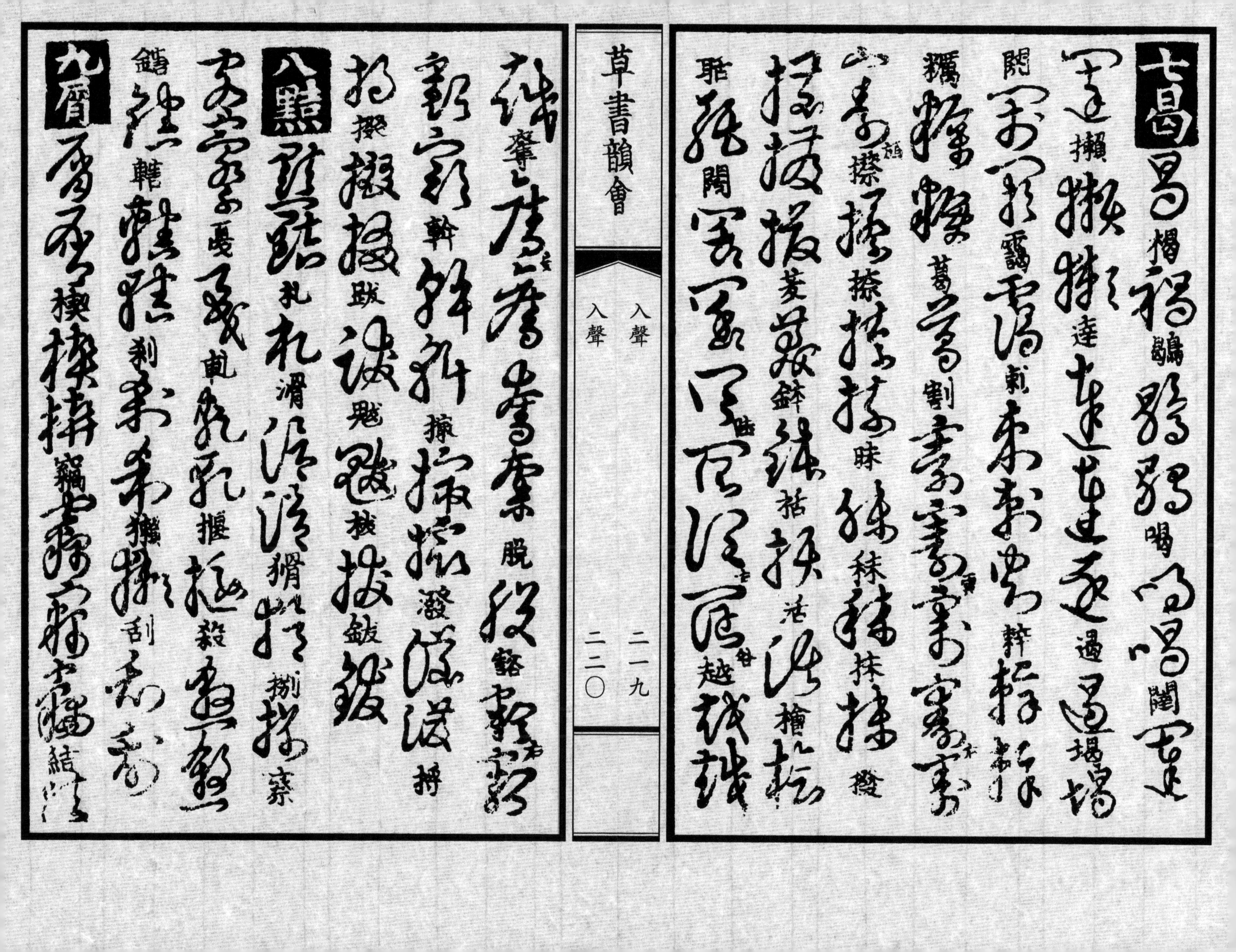

七曷

褐 鶡 喝 闥

攋 達 遏 揭

閼 靄 剌 辢

獺 葛 割

擦 捺 眛 秣 抹 撥

茇 鉢 括 活 檜

聒 闊 越

奪 脫 鉻

斡 撮 潑 捋

掇 跋 魃 拔 鈸

八黠

札 滑 猾 捌 察

戛 軋 揠 殺

鎋 轄 刹 獺 刮

九屑

楔 竊 結

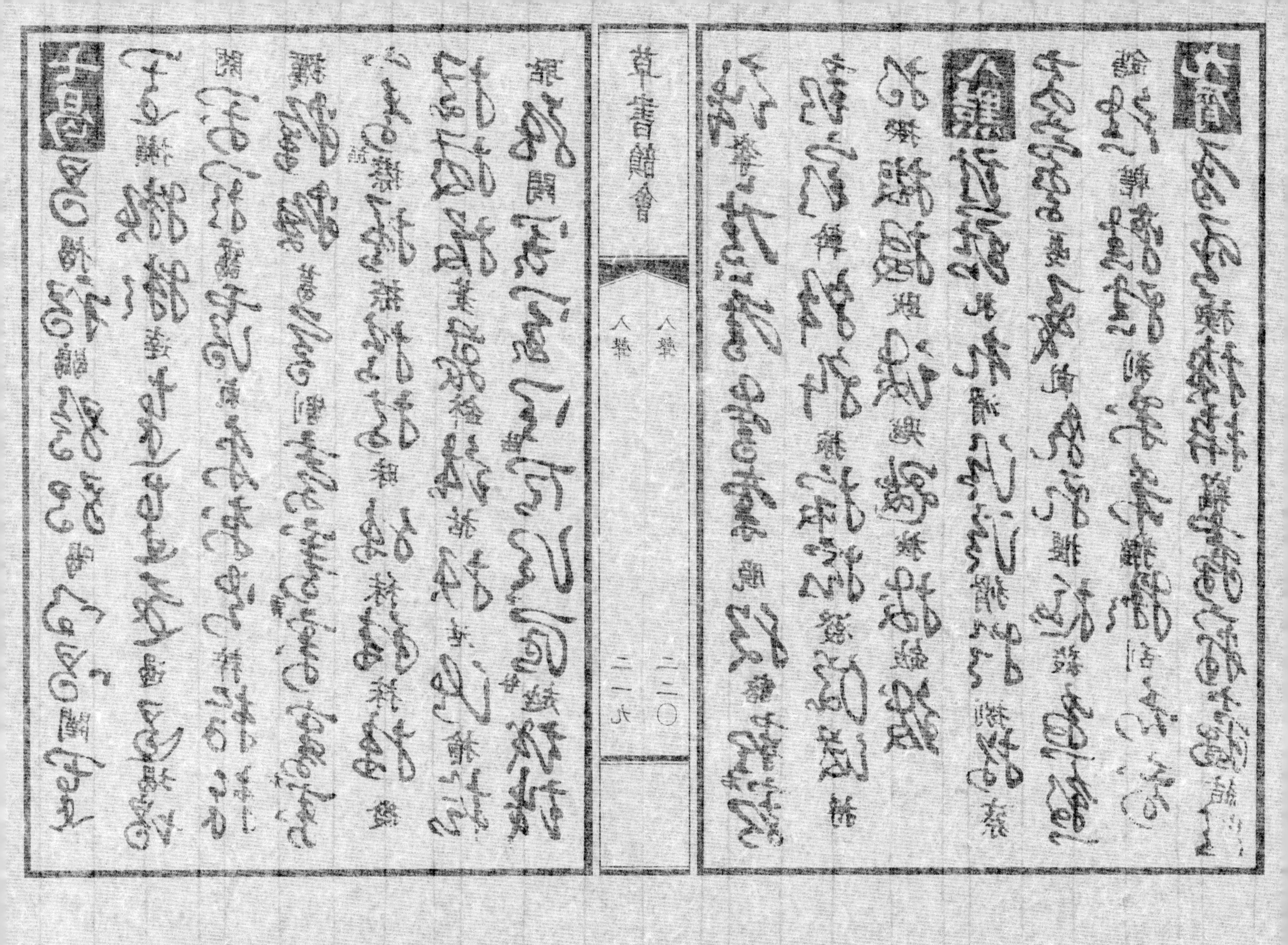
草書韻會
入聲
二二〇
入聲
二一九

絜 潔 擳? 節 血

闋 鈌 潏 譎

訣 觼 鐍 穴 姪 跌

鐵 餮 擷 頡 䥫?

齧 闑 蔑

蠛 挈 契 彆? 蟞?

窒 薛 紲 褻 泄 媟

列 烈 冽 裂

哲 晢 傑 竭 熱 浙

折 舌 揲 蘖? 滅

搣 揭? 揭? 蟞 鼈

絶

雪 悅 說 閱 爇

惙 劣 別

[illegible] 燮 [illegible]

[illegible] 甲 [illegible] 業 [illegible]

[illegible] 牒 [illegible]

[illegible]

[illegible] 拈 [illegible]

[illegible] 拈 [illegible] 協 [illegible]

[illegible]

[illegible] 葉 [illegible]

[illegible] 業 [illegible]

[illegible]

[illegible]

[illegible]

[illegible]

[illegible] 葉 [illegible]

轍 徹 澈 設 戚
啜 蜥 掣 谷 拙

十藥

躍 鑰 略
華 掠 翟 卻 蹻
暴 灼 斫 酌
爍 鑠 著
綽 約 卻

虐 亡 右 斧 虐 陳 右 礿 逴
削 爵 雀 爝
鵲 噱 醵
縛 玃 籰 玃 攫
蒦 著 謔
鑊 度 莫
幕 膜 鏌

[illegible]
[illegible]
[illegible]
[illegible]
[illegible]
[illegible]
[illegible]

[illegible]
[illegible]
[illegible]
[illegible]
[illegible]

十藥 [illegible]

[illegible]
[illegible]

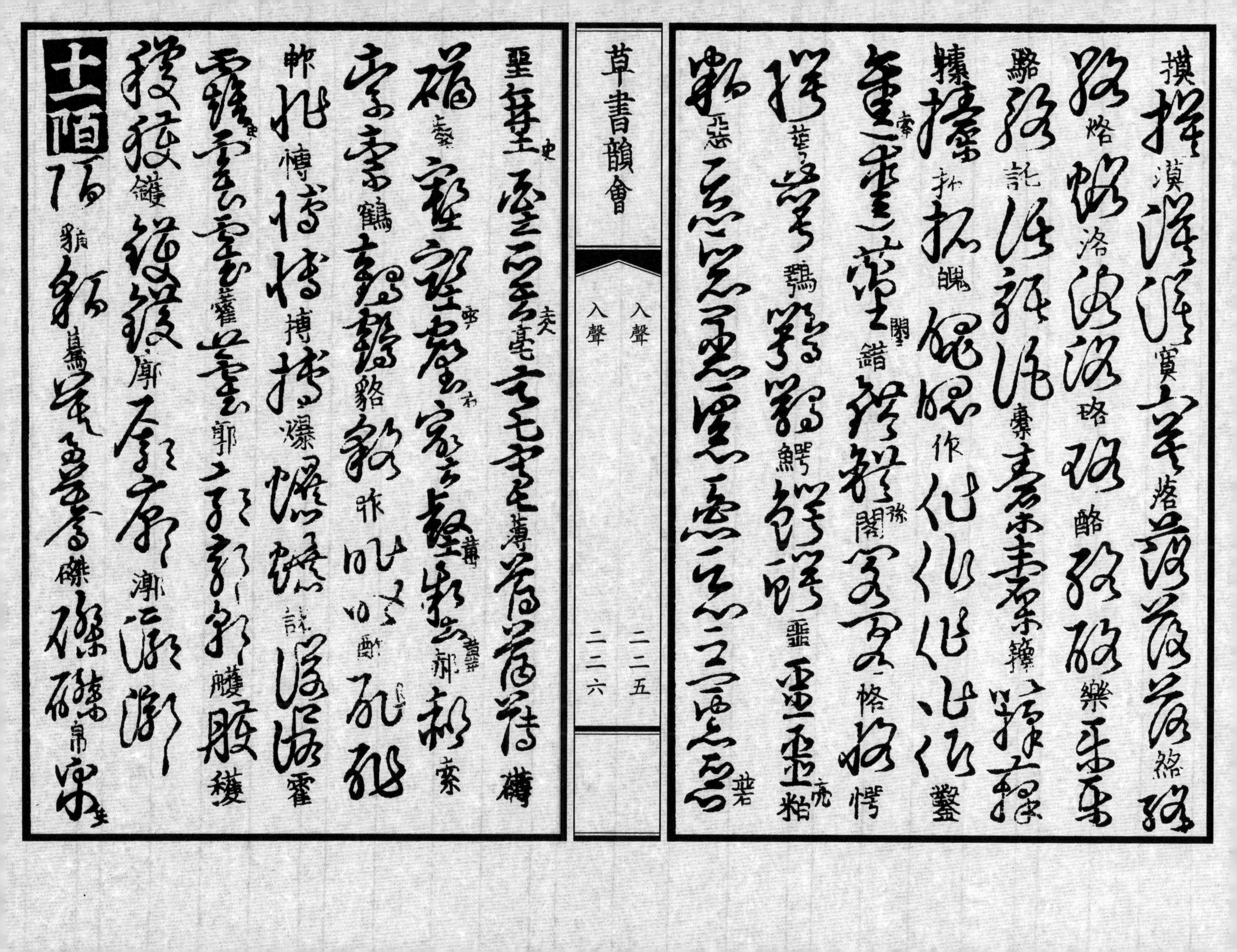

摸 漠 寞 烙 絡
烙 洛 珞 酪 樂
駱 託 槖 鑊
[illegible] 托 [illegible] 作 鑿
索 閣 錯 孫 閣 格 愕
萼 鶚 鰐 噩 亮 粕
惡 著

堊 史 麥 亳 薄 礴
[illegible] 寧 石 萬 郝 索
鶴 貉 咋 酢
帕 博 搏 爆 謔 霍
史 藿 郭 臒 穫
鑊 廓 漷

十陌

貊 驀 礫 帛

十四

[illegible] 汁 [illegible] 十 [illegible] 汁 [illegible] 十 [illegible]

[illegible]

舶 劇 屐 戟
柵 窄 舴 隙
額 逆 客 啞 墉
赫 嚇 格 骼 宅
擇 翟
虢 澤 擭 擿
脉 擭 畫

劃 馘 摑 檗 擘
蹟 嘖 咋
策 冊 筴 覈 繭
核 隔
膈 革 搞 鬲 克
厄 搣 慽 惜 潟 舄
積 脊 迹 跡

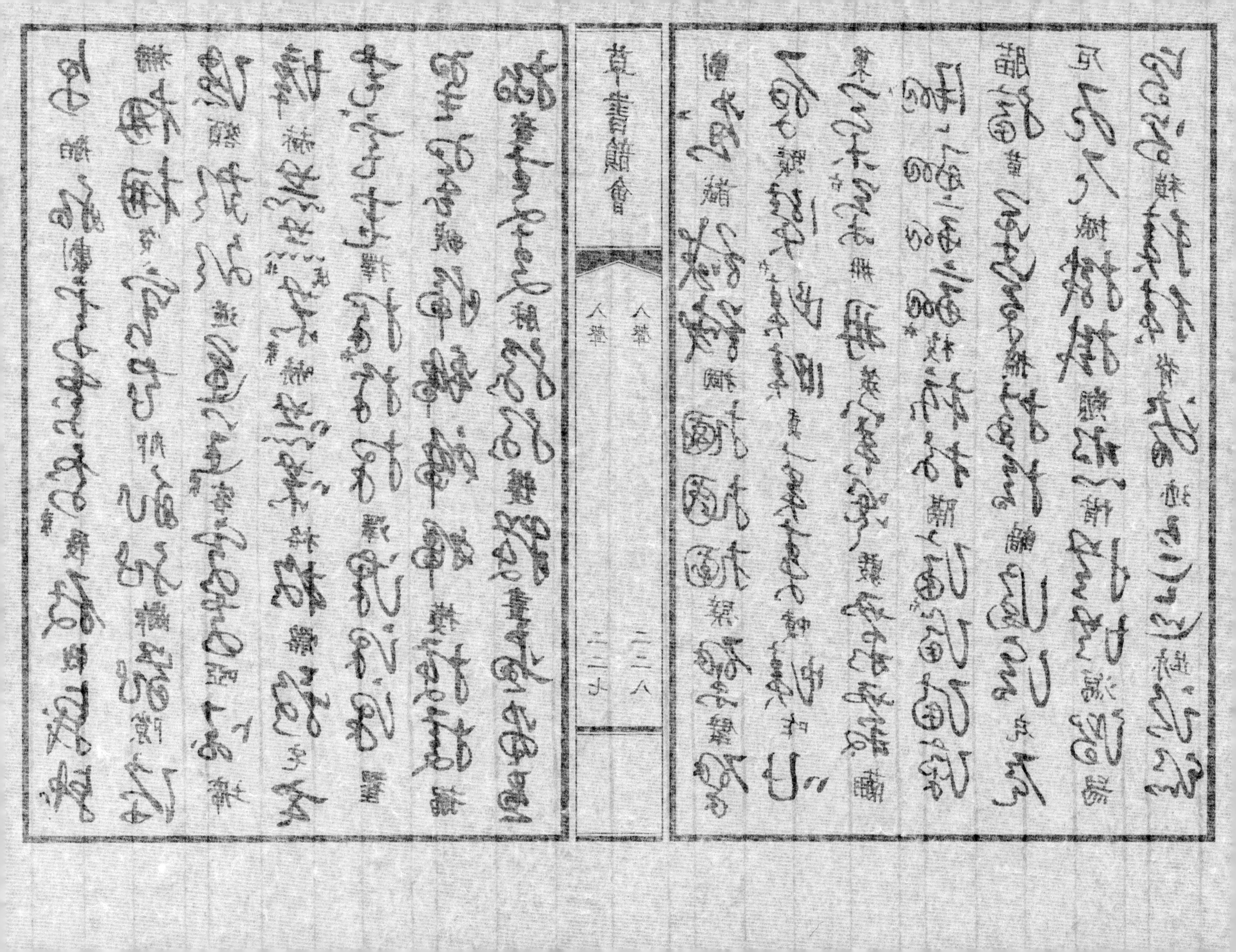

[illegible]

賾 益 史 索 杳 王羲 坡

繹 亦 奕 譯 懌

斁 驛 嶧 腋 掖

液 射 釋 適

赤 斥 蓆 磧 隻 朗

炙 摭 擲 躑 不

刺 席 籍

藉 擗 闢 辟 役

壁 覓 僻

十二錫

析 淅 激 右 索

擊 史 本 裴 轢 史 降 霹

甓 靂 鄽

轢 礫 攊 歷 暦

歷 史 瀝 皪 的 適

十二錫

嫡 鏑 滴 擿 艗 覿

荻 狄 敵 翟

笛 糴 [illegible] 滌

蹢 趯 踢 [illegible] 勣

喫 寂 覓 冪

[illegible] [illegible] 甓 鼊

闃 [illegible] 慼 槭

十三職

織 直

勑 [illegible]

食 蝕 寔

殖 [illegible] 埴

[illegible] [illegible] [illegible] [illegible]

[illegible] [illegible] [illegible] 式 栻 軾

飾 極 [illegible]

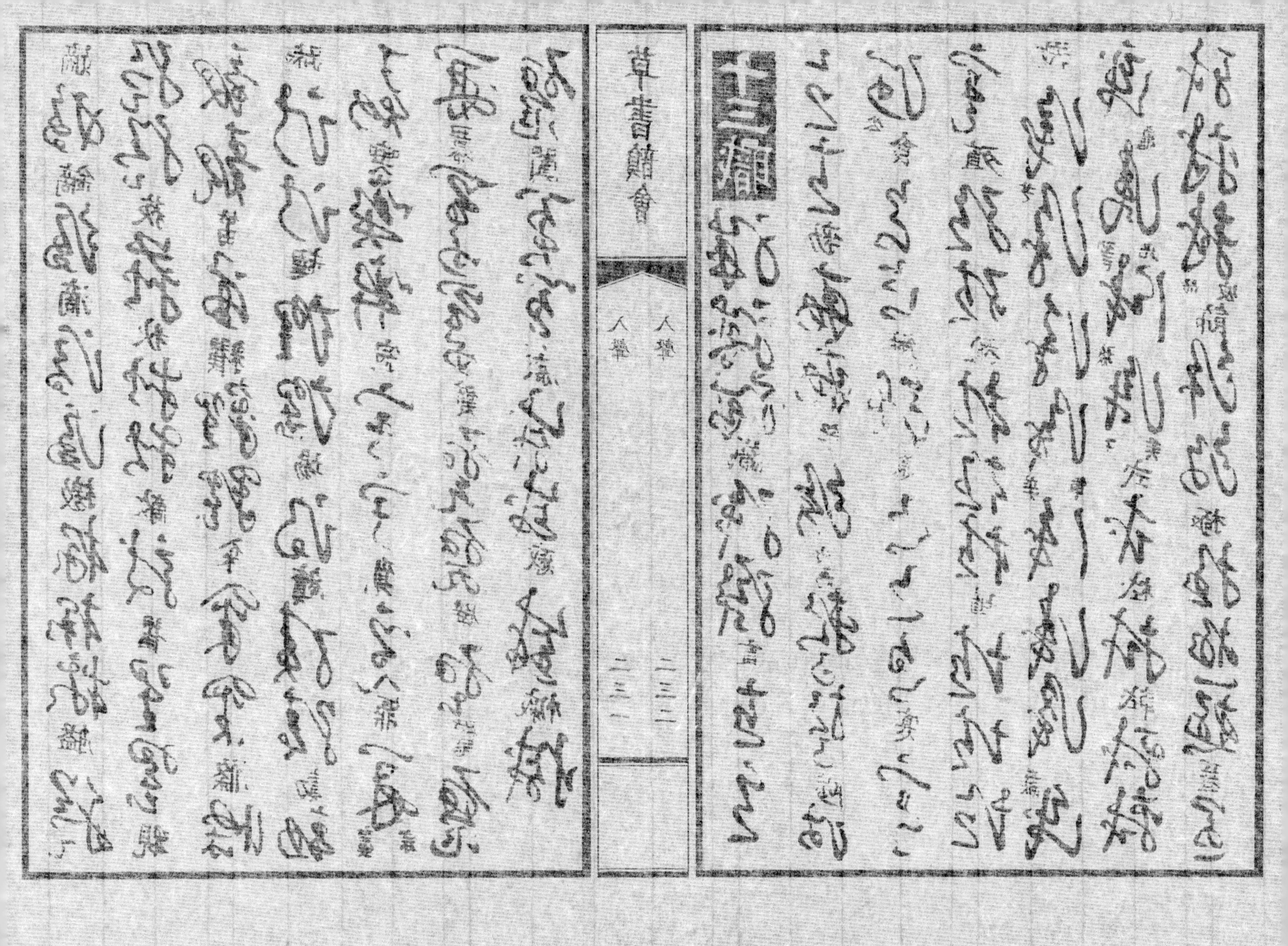
十三緝
草書韻會
入聲
入聲
二三二
二三一

愊 測 惻 憶 億
臆 薏 抑 色 嗇
濇 穡 棘
亟 翊 翌 翼
鉽 即 棲
逼 域 罭 洫 閾
副 具 側

嶷 德 悳 得
則 勒 忒 慝
刻 克 剋 特
黑 墨
默 纆 賊
塞 北
能 或 惑 國

[illegible]

十四緝

拾 執

葺 隰 謵

習

霫 集 輯

鏶 濕

及 揖 悒 濕

笈 蟄 縶

笠 急 汲

給 級 岌 泣

歙 戢 邑 悒 熠

十五合

搭 盒 閤

鴿 蛤 答 颯 歃

霅 鈒 沓 遝 踏

雜 帀 迊 拉

納 衲 溘 盍

草書韻會

入聲 二三五

入聲 二三六

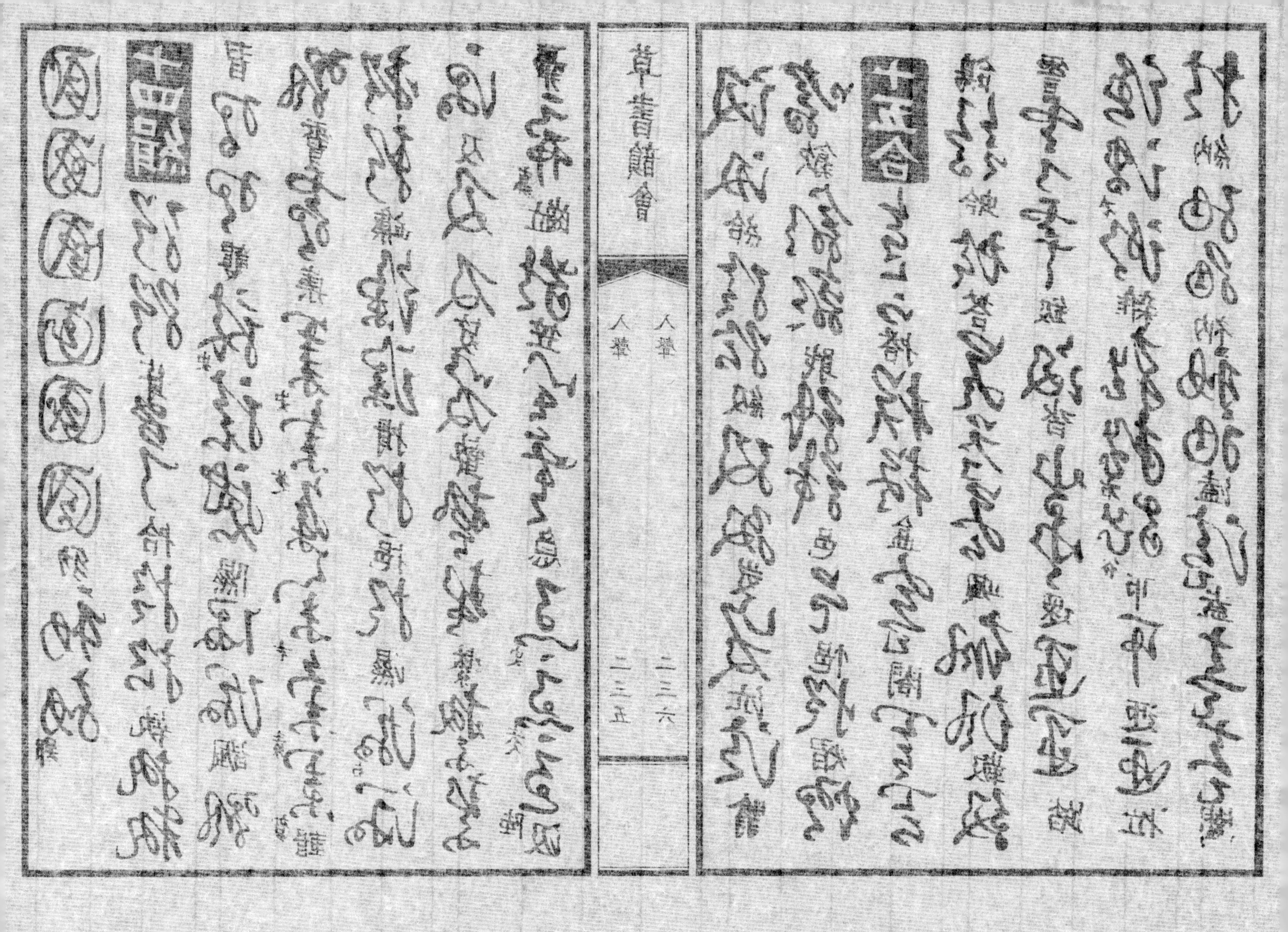

十五合

十四緝

臘 右 鑞 蠟

臘 榻 鰈 塔

搭 蹋 闒 鶍 蒻

擻 榼 右磕 二

十六葉 右

公 牒 婕 媫 睫

盍宋 奈 捷 櫼 婕 檷 右

歙 涉 攝

躡 躡 捷 聶

躡 鑷 囁 讘

懾 妾 輒 鼑 右

韘 燁 厭 怗

韘 貼 協 挾

勰 頰 鋏 莢 莢

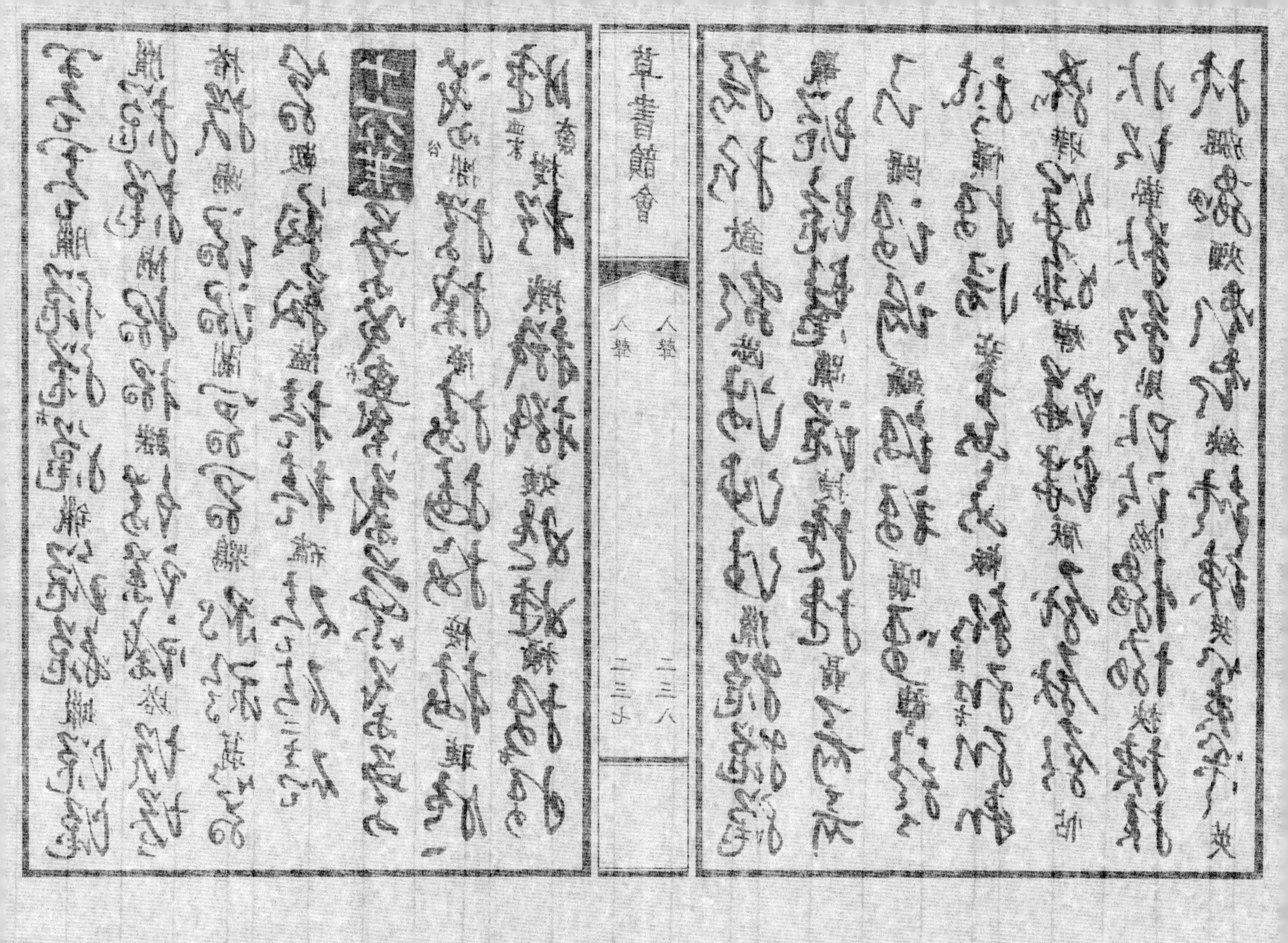

草書韻會
入聲
二三八
入聲
二三七

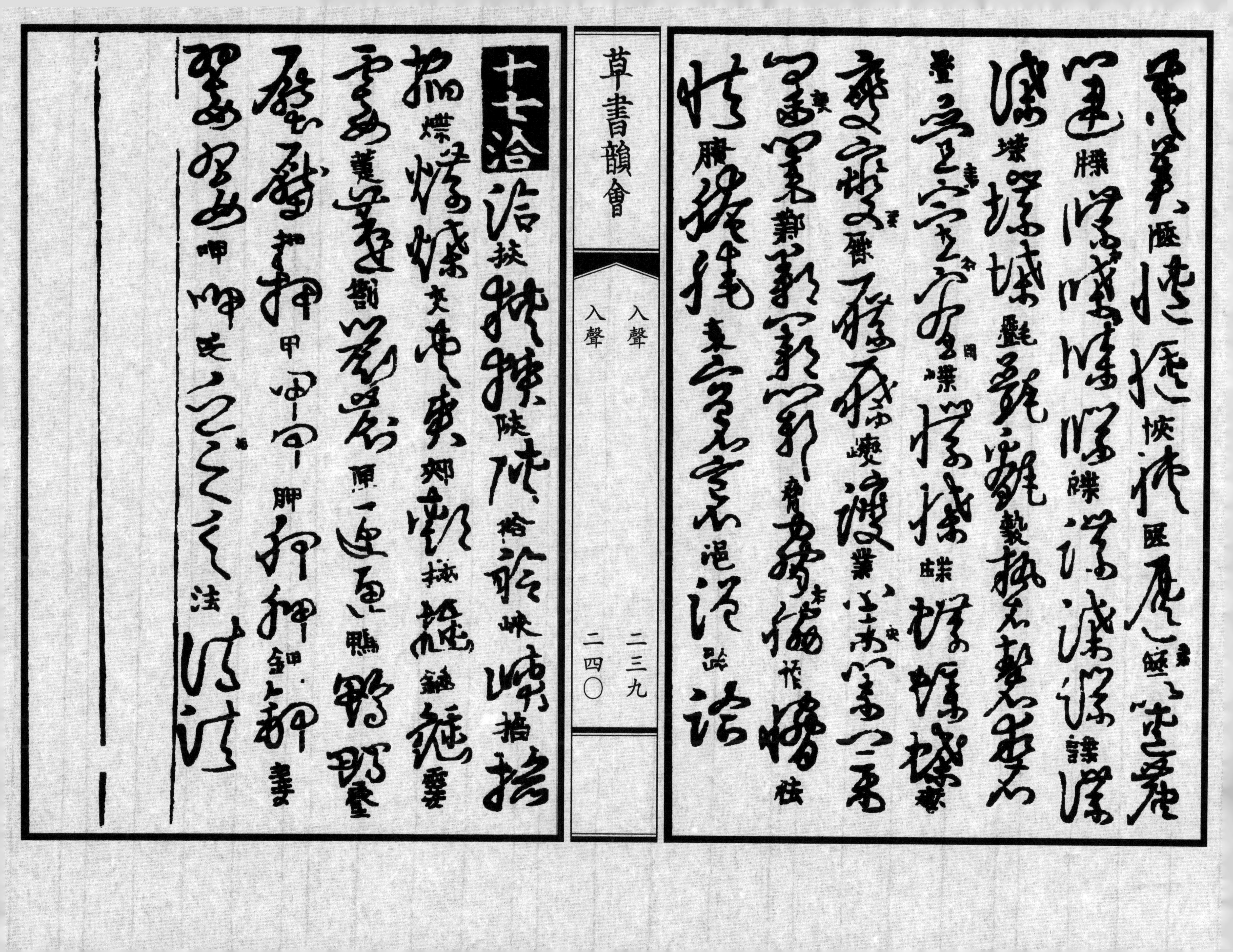

十七洽

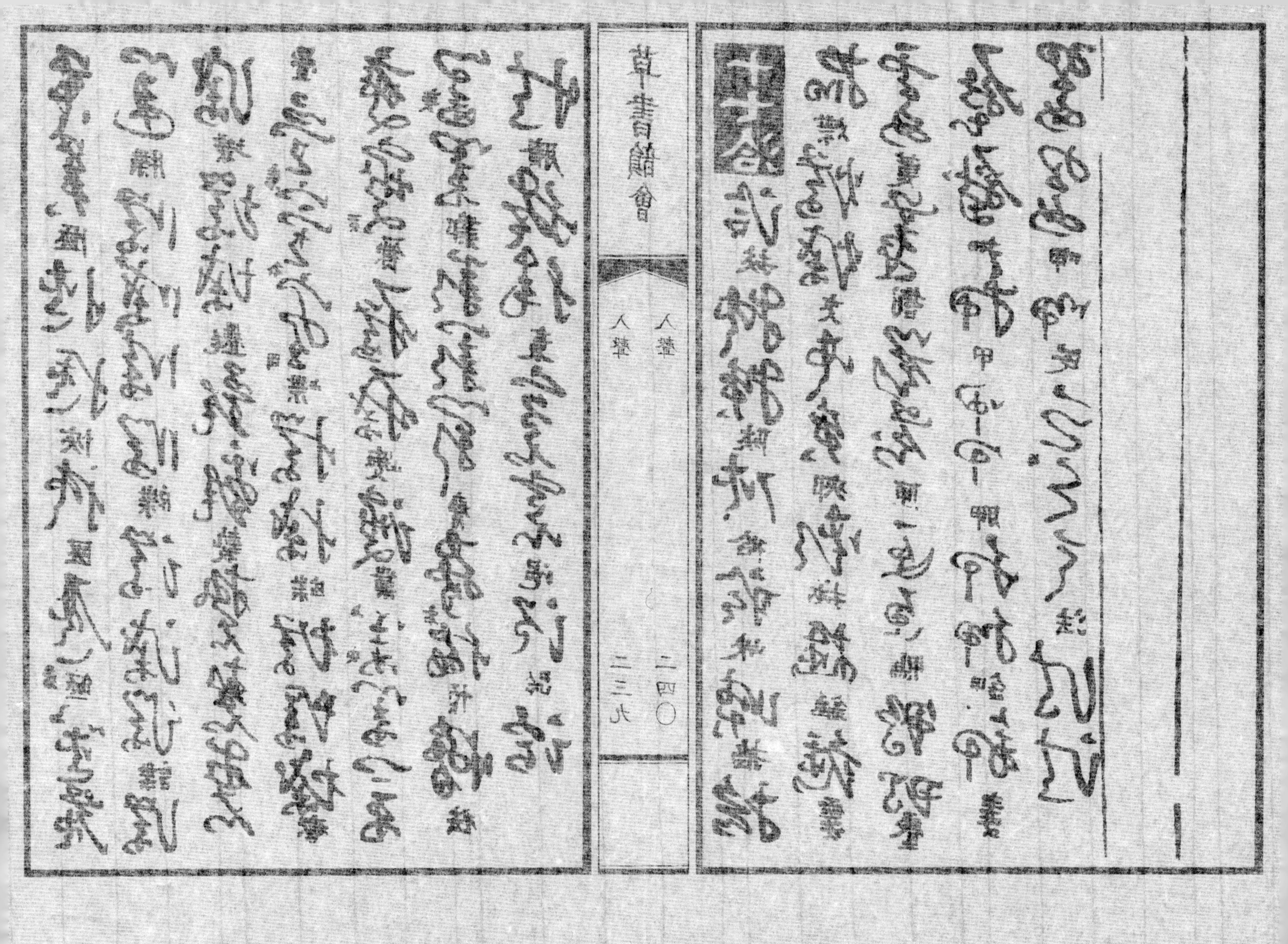
草書韻會
人 韓 二四〇
人 韓 二三九

出 版 人　所广一
责任编辑　李正堂　范文勤
责任校对　贾静芳
责任印制　曲凤玲

图书在版编目（CIP）数据

草书韵会 / （金）张天锡编. —北京：教育科学出版社，2013.12
（天禄琳琅艺术书房.第3辑，书——翰墨春秋）
ISBN 978-7-5041-7611-0

Ⅰ.①草… Ⅱ.①张… Ⅲ.①草书－法书－作品集－中国－古代 Ⅳ.①J292.34

中国版本图书馆CIP数据核字(2013)第098048号

天禄琳琅艺术书房　第三辑　书——翰墨春秋
草书韵会
CAOSHU YUNHUI

出版发行	教育科学出版社		
社　址	北京·朝阳区安慧北里安园甲9号	市场部电话	010-64989009
邮　编	100101	编辑部电话	010-64989445
传　真	010-64891796	网　址	http://www.esph.com.cn
经　销	各地新华书店		
制　作	日照太一文化传媒有限公司		
印　刷	日照教科印刷有限公司	版　次	2013年12月第1版
开　本	210毫米×320毫米　16开	印　次	2013年12月第1次印刷
印　张	16.5	定　价	385.00元（1函2册）

如有印装质量问题，请到所购图书销售部门联系调换。